FRANÇOIS

CHRISTINA FORSNE

FRANÇOIS

Édition française revue et complétée

D'après la traduction du suédois
par Cécilia Monteux et Danielle Suffet

ÉDITIONS DU SEUIL
*27, rue Jacob, Paris VIe*

Titre original : *Alskar ni inte livet ?*
Éditeur original : Fischer & Co, Stockholm, 1996
ISBN original : 91-7054-812-9

ISBN 2-02-031480-0

Préface

Jamais, je n'ai pensé que j'écrirais ce livre.

Je n'avais ni l'intention ni même le désir de l'écrire.

Les souvenirs qu'il ravive ne m'appartiennent pas en propre : je les partage avec un homme que j'ai rencontré un jour, pour une simple interview. C'était en 1979, à Bommersvik, en Suède, où l'Internationale socialiste était réunie.

Dix-sept ans ont passé et cet homme est mort.

Je suis alors devenue la proie d'une presse à sensation. Pourchassée, j'ai fui. Mais des reporters et des photographes sans scrupules ont retrouvé ma trace.

J'ai été très proche du président François Mitterrand. Pendant de longues années, nous nous sommes parlé presque quotidiennement. De quoi attiser la curiosité de ces voraces.

A Paris, on interrogea ma concierge. En Suède, on accabla ma famille de coups de téléphone incessants. On pressa de questions mes amis et mes camarades de travail. Des « journalistes » finirent par s'introduire dans ma maison, à la recherche de lettres et de photographies.

Écrire un livre, témoigner, raconter ces années d'amitié, c'était rendre plus pénible encore cette interminable traque.

Pourtant, j'ai changé d'avis.

Pourquoi ai-je donc, malgré tout, jeté ces souvenirs sur le papier ?

Parce que j'ai lu une bonne partie des livres qui ont envahi les devantures des libraires avant même que la France n'enterre son président. Et ces livres n'évoquaient pas l'homme que j'avais connu... Je n'y trouvais que le portrait d'un étranger aux traits dénaturés, brossé à grands coups de clichés.

Ce livre n'est pas une biographie, encore moins une analyse politique. J'ai seulement essayé d'esquisser l'image d'un homme, m'aidant de mes souvenirs, fragments épars d'une si longue amitié. Modestement, j'ai voulu, par souci de vérité et par respect pour François, ajouter une pièce au puzzle que constitue chaque être humain.

Pleurs

« Ne le pleure pas, il n'en vaut pas la peine ! »

Il est mourant, je ne peux retenir mes larmes, et voilà les mots qu'on me jette à la figure. Comme une injonction.

Il a pourtant travaillé avec lui, près de lui, pendant des années, cet homme qui, ainsi, veut m'arracher à ma compassion. Nulle cruauté dans ses paroles, seulement la remarque sèche d'un témoin proche.

Je me demande, une fois encore, comment il a pu s'attacher tant de gens ? Les garder, les perdre aussi parfois.

Cinquante ans de vie publique. Tant d'événements, tant de questions. Tant de gens à entendre, à rencontrer, pour mieux comprendre et mieux agir.

Des Français ordinaires, des élus locaux, des militants du parti, des parlementaires, des conseillers, une avalanche d'experts… Autant de gens qui ont eu, un temps, son attention, ont subi son attraction, ont vécu, pensaient-ils, une relation exclusive, se sont sentis happés par l'ivresse du pouvoir.

Et qui, après cela, ont attendu… Mais le téléphone ne

sonnait plus : plus d'invitation surprise pour le week-end ou le déjeuner, plus d'invite à la promenade.

Certains pensaient avoir gagné sa fidélité à jamais, puisqu'il pouvait les appeler, après dix ans de silence, pour demander des nouvelles. D'autres, ayant partagé un peu d'intimité, en sortaient avec le sentiment amer d'avoir été vidés de ce qu'ils pouvaient donner, d'avoir renoncé pour lui à un peu d'eux-mêmes.

Lorsque est venue la fin, la vie loin du pouvoir, il est devenu difficile, pour ceux qui étaient restés, de ne pas mettre en balance ce à quoi ils avaient renoncé pour lui et ce qu'ils avaient reçu en retour.

Ne le pleure pas, il n'en vaut pas la peine !

Il fallait une grande force, un grand cynisme ou un amour intense, pour ne pas se voir soi-même comme un simple pion au cours de ces quatorze années aventureuses.

Il voulait le bien des gens, il prenait soin de ceux qui l'entouraient, qui le soutenaient. Mais ils étaient si nombreux qu'il lui était impossible de les embrasser tous au même moment dans son champ de vision.

Égocentrique, tout devait graviter autour de sa propre personne. Mais il oubliait que la toile d'araignée comporte aussi des fils transversaux. Et que d'autres toiles se tissaient, qui toutes ne convergeaient pas vers lui.

Intuitivement, il sentait, chez ceux qui l'entouraient, fléchir l'admiration et grandir la quête d'intimité, le droit à la question, voire à la critique. Alors, il coupait pour charmer encore, attirer dans la toile de nouvelles victimes de son charisme.

Il avait si peur qu'on prenne le moindre ascendant sur lui, si peur pour son indépendance, qu'il ne laissait personne s'approcher de trop près. Ses confidences étaient pour l'essentiel politiques. Il restait seul, seul au milieu de la foule.

Ne le pleure pas, il n'en vaut pas la peine.

Pourquoi tant de gens restaient-ils ? Parce qu'il manifestait de la sollicitude ? Parce que l'attrait du pouvoir rejaillissait sur eux, leur donnait une autorité ? Parce qu'ils croyaient au socialisme ? Parce qu'ils voulaient servir l'État ?

Au fil des ans, j'en ai vu tant se mobiliser pour lui, vies détruites, sacrifiées à la raison d'État. Et d'autres trop faibles pour trouver place dans un entourage implacable. Il ne les abandonnait pas, mais n'avait pas la force de prendre en charge tous ces destins. Il les tenait pour responsables de leur propre malheur, les laissait faner sur la toile de fond de sa vie.

Ne le pleure pas, il n'en vaut pas la peine.

On lui prêtait une force surhumaine et on lui refusait la moindre faiblesse. Rien d'anormal, au fond : sa fierté lui interdisait de se montrer tel qu'il était.

Pour moi, il était loin d'être aussi exceptionnel qu'on le laissait entendre. Loin de l'homme compliqué qu'on dépeignait. J'ai connu d'autres hommes qui lui ressemblaient. L'exceptionnel est qu'il soit devenu président de la République, et de ce seul fait exposé à la plus implacable des lumières.

S'il faut pleurer, c'est sur sa solitude, sur cette force qui le desservait, l'empêchait de trouver un exutoire à son trop-plein d'émotions.

Ne le pleure pas, il n'en vaut pas la peine.

Pourquoi pleurer, rester l'amie de cet homme qui pouvait susciter autant de haine que d'admiration ?

Dire que je voyais un autre homme ne suffit pas.

Je crois que, ce jour-là, je pleurais ses rêves.

1

L'été suédois

Mon deuil a commencé avant son dernier souffle.

Je l'ai vu lentement vieillir, lentement mourir. J'ai vu ses forces diminuer et son monde rétrécir. Je l'ai vu souffrir et j'ai souffert.

C'est un printemps doux et embaumé. Nous parlons longuement, doucement. Seule la fatigue nous interrompt, qui l'assaille et l'endort, tassé dans son fauteuil de cuir, rongé par la douleur, harassé par les nuits sans sommeil. Qu'il rouvre l'œil et nous reprenons, là où nous en étions. Il aimerait que je parte, il me l'a demandé. Il ne veut pas que je voie sa fin.

Mais si, je viendrai, souvent. Et il téléphonera, plus souvent encore. Et puis, si… quand… il ira mieux, nous irons à Florence, comme prévu…

Dehors, le dernier camion va partir. Il aura tenu jusqu'au bout. Quatorze ans…

*

J'étais souvent seule, très seule, toutes ces années passées à Paris. Mais ce seront à jamais mes années les plus riches. Riches d'une amitié, d'une affection qui me rendaient indiciblement libre. Savoir que quelqu'un me comprenait, me soutenait quand j'en avais besoin, me montrait, même avec gaucherie, qu'il avait lui aussi besoin de moi, m'a donné une force que rien ni personne ne pourra plus m'enlever.

Lorsqu'il est mort, je l'avais déjà enterré. En moi, comme une boule dure, oppressante. Et j'ai couru, j'ai fui sa mort, chassant les images qui surgissaient en tant d'occasions.

Mais il n'appelle plus, et la sérénité qu'il m'apportait s'éloigne chaque jour un peu plus. Ces lettres, ces petits bouts de papier, où pendant des années je griffonnai mes messages, que sont-ils devenus ? Ils étaient notre lien, évitant secrétaires et protocole. Je sais qu'il les gardait. Comme il gardait toutes ces boules, en bois, en verre, en fer, que je lui rapportais, cette canne de genévrier norvégien, ces livres, ces objets que je lui donnais et que je retrouvais, à chaque visite, à la même place. Où sont-ils aujourd'hui ?

Sa pensée tisse la mienne et je le retrouve. Les dernières images – cette échine lasse, ce masque de douleur – s'estompent peu à peu. Reviennent celles qui me font rire ou sourire. Celles aussi des colères nées d'âpres discussions. Oui, je le retrouve.

*

Juillet 1979.

Ils remontent d'un pas égal, côte à côte, le sentier qui vient du lac. Je les vois disparaître, puis réapparaître, entre les pins, baignés d'une lumière pâle. L'un est mince, la démarche souple, l'autre raide et râblé. A mes côtés, Mário Soares raconte la « révolution des œillets », avec cet accent portugais qui chuinte et roucoule. Je l'écoute à peine. Ils arrivent, ils sont tout près.

Olof Palme me décoche un sourire complice, l'air de dire : « Tu vois, j'ai tenu parole, je l'ai fait venir... » Le Premier ministre suédois n'a jamais hésité à donner un coup de main à un journaliste. Sans attendre, il nous présente :

« François Mitterrand... Christina Forsne... »

Je sais d'expérience que les secondes sont comptées quand il s'agit d'arracher quelques mots d'interview à qui y rechigne. Mais je peux profiter de la présence de Palme et de Soares. Devant eux, il n'osera pas refuser. Je demande quelques minutes dans l'après-midi pour discuter du Moyen-Orient. François Mitterrand jette un œil alentour, se sent piégé, et me promet un peu de son temps. S'il en reste...

*

L'Internationale socialiste a choisi la douceur fraîche de l'été suédois pour tenir ses assises. Climat idéal pour tempérer les passions qui agitent la famille, notamment sur le Moyen-Orient, l'un des points à l'ordre du jour. Voilà quelques semaines, avant que tous ne se retrouvent ici, au milieu des pins de Bommersvik, non loin de Stockholm, le chancelier autrichien, Bruno Kreisky, a organisé chez lui une rencontre entre Willy Brandt, président en exercice de l'Internationale, et Yasser Arafat, le leader de l'OLP.

Les Israéliens sont évidemment furieux. Dès son arrivée en Suède, Shimon Peres tempête et menace de repartir aussi vite si les délégations ne prennent pas leurs distances à l'égard de la rencontre de Vienne.

La question palestinienne est depuis longtemps une pomme de discorde au sein de l'Internationale. Au moindre micro tendu, Peres martèle inlassablement que l'OLP n'est qu'« une organisation terroriste » vouée à « l'anéantissement d'Israël ». Non loin, sur une pelouse, un Kreisky rondelet, indifférent aux diatribes qui font de lui un « traître », un « juif honteux », répète que ses conversations avec Arafat l'ont convaincu du contraire.

Olof Palme, derrière lui, fait simplement remarquer que le monde arabe a consacré l'OLP représentant légitime des Palestiniens et qu'on ne peut l'ignorer. Il n'y a pas le moindre signe de compromis dans l'air. Peres attend des renforts. Celui de François Mitterrand surtout, mais le Français se fait attendre. Je m'en étonne auprès de Palme. « Oh ! Tu sais, celui-là, il veille toujours à être le dernier, me répond-il en riant. Besoin de se faire remarquer. On a tous pris le car, j'imagine qu'il va débarquer en hélicoptère ! » Et de me promettre d'arranger le contact avec lui…

*

Abandonnant l'assemblée, François Mitterrand me retrouve en effet, un peu plus tard, dans la grande salle à manger du centre de conférences. Cela durera deux heures, commencera en interview et finira en dispute, ou presque…

L'homme, malgré sa petite taille, donne une étrange impression de puissance. Regard dur, propos mordants, j'ai du mal à le trouver sympathique. Mais la discussion est franche et il en vient à défendre, devant moi, des positions plus ouvertes que celles qu'on lui connaît ordinairement : « Oui, me dit-il, il faut qu'Israël commence à négocier avec l'OLP. En temps de guerre, on ne choisit pas les gens avec qui l'on négocie. » Terroriste, Arafat ? « Dans la guerre, celui d'en face est toujours un terroriste. » Un État pour les Palestiniens ? « Il le faut, à côté d'Israël. J'éprouve la plus grande admiration pour ce que les Israéliens ont accompli. Je sais que je serai critiqué pour ce que je dis maintenant, mais je pense à plus long terme, je pense à leur survie. Elle ne sera assurée que si l'on rend aux Palestiniens un peu de ce qu'ils ont perdu. L'idée d'un Grand Israël doit être écartée à tout jamais… »

Se sent-il, ici, plus libre de propos ? Moins contraint au discours officiel que s'il parlait à un confrère français ? Le lendemain, mon journal publie en « une » ses déclarations, soigneusement enregistrées au magnétophone. Aucune réaction à Paris. C'est l'été…

Dans la salle à manger flottent les odeurs mêlées du café suédois, trop longtemps réchauffé, et des traditionnelles boulettes de viande à la confiture d'airelle. François Mitterrand ne semble plus pressé. Nous discutons à bâtons rompus, laissant parfois nos regards s'éloigner vers les eaux du lac, qui clapotent en contrebas. Quelques années plus tard, François reconnaîtra que nos discussions, amorcées ce jour-là à Bommersvik, mais qui auront bien des suites, ont nourri, influencé, son approche de la question palestinienne.

De retour à la tribune, pourtant, il se garde bien de manifester la même franchise. La diplomatie a pris le dessus. On est loin des mots tranchés qu'il m'a laissée enregistrer.

Hypocrisie ? Non, m'expliquera-t-il. Le peuple d'Israël a simplement assez souffert. Il doit prendre conscience de la nécessité d'un changement et l'accepter lui-même...

François Mitterrand aurait souhaité que rien ne vînt compromettre son affection pour Israël, sa fidélité envers tous ceux qu'il y connaissait, son admiration pour la force, le courage et les capacités intellectuelles du peuple juif.

Dix ans plus tard, en promenade dans le parc de l'Élysée, il me dira sa déception. Certes, il a pu, le premier, grâce à l'estime que lui porte Israël, parler d'« État palestinien » devant la Knesset, mais ni lui ni la France n'en seront récompensés. Quand bien d'autres, après lui, admettent enfin qu'il n'est pas inconvenant de parler avec les Palestiniens, qu'il n'y a même aucune autre voie pour la paix que d'approcher ceux qui les représentent, voilà qu'on l'éconduit ! J'ai vu toute son amertume quand les Israéliens eux-mêmes excluront la France de la négociation de Madrid. Lui, leur ami ! Sans doute l'eussent-ils préféré moins lucide.

C'est en fait l'invasion israélienne du Liban, en plein sommet des Grands à Versailles – juin 1982 –, qui a conduit François Mitterrand à infléchir nettement sa politique. Cette agression, qu'il vit douloureusement comme une trahison, donne un visage à ces centaines de milliers de Palestiniens, jusque-là fondus en une masse anonyme. Les souffrances des populations dans Beyrouth assiégée, les massacres de Sabra et Chatila ternissent pour longtemps l'image consacrée du petit David israélien.

Au fil des ans, François Mitterrand durcit son jugement à l'égard d'Israël, dont il dénonce « l'obstination », mise au compte de la droite ultra qui gouverne à Jérusalem. En novembre 1985, six ans après notre conversation sur l'OLP à Bommersvik, j'assiste, avec plusieurs centaines de confrères, à une conférence de presse à l'Élysée, et je l'entends reconnaître que l'OLP a obtenu le droit de dire son mot, au nom des Palestiniens !

« Il faut donner la priorité à toute alternative qui permette aux Palestiniens de trouver une issue à la situation désespérée et injuste dans laquelle ils se trouvent », me dit-il, lorsque nous nous retrouvons peu après. Et c'est seulement un an plus tard, dans une interview à *Al Ahram*, qu'il se rapprochera des formules de Bommersvik : « Si on veut la paix, il faut discuter avec les gens que l'on combat. »

Yasser Arafat gagne peu à peu son respect, même s'il faut attendre le printemps 1989 pour le voir reçu à Paris.

Lorsque, en 1992, François se rend pour la dernière fois en Israël, c'est la mémoire de Ben Gourion qu'il invoque. Laissant comprendre que ceux qui, ce jour-là, trônent à sa place ne manquent pas d'ingratitude…

*

L'entretien s'achève. Je n'imaginais pas lui prendre tout ce temps. Et pourtant, je voudrais encore le retenir, poser d'autres questions, parler de la France, des élections perdues l'année précédente, de la présidentielle qui se profile déjà, de Rocard qui brocarde « l'archaïsme » et prétend rénover la gauche… Il me coupe : « Pure bataille de pouvoir. »

Il ne veut pas en dire davantage, préfère me faire parler de la Suède, qui elle aussi va bientôt voter. Et, gentiment, m'invite à venir le voir quand je passerai à Paris.

« Très bientôt, lui dis-je, je m'y installe comme correspondante, juste après les élections. On discutera des résultats… »

François Mitterrand me fixe longuement, sourit et répond, d'un ton de reproche :

« Mais vous ne parlez que de politique, madame. Vous n'aimez pas la vie ? »

*

L'automne est déjà bien entamé quand j'arrive à Paris.

Il n'y est question que des diamants que Bokassa, l'empereur bouffon de Centrafrique, a offerts à Giscard d'Estaing. J'écoute, j'apprends, j'écris. Sur l'art, sur l'Afrique du Nord où m'entraîne un reportage…

Ce n'est qu'au printemps suivant que s'engage la bataille présidentielle. Une avant-bataille en fait, limitée aux socialistes qui doivent maintenant choisir leur candidat. Pour beaucoup, François Mitterrand est alors un homme usé. On lui impute la défaite aux législatives de 1978, on le dit victime de sa stratégie d'alliances avec les communistes, incapable de penser une économie moderne… Pour en conclure que, à 62 ans, il serait sans doute temps qu'il passe la main.

Tout cela profite bien sûr à Michel Rocard qui, à 48 ans, se fait fort d'incarner le renouveau. Il est soutenu par une partie des socialistes, mais excelle surtout à peaufiner son image dans les médias, où il compte, de longue date, de solides relais.

En Suède aussi, sa cote est au plus haut : n'a-t-il pas fait de notre bonne social-démocratie une de ses sources d'inspiration ?

François Mitterrand laisse dire, renforçant, lui, son image de vieil animal politique, autoritaire et hautain, fermé à la démocratie médiatique. Il se promène encore avec son pardessus en poil de chameau et son grand chapeau noir. Décidément, l'homme du passé…

J'obtiens une interview de Rocard, le lendemain même de sa déclaration de candidature. Il a parlé, trop raide, trop solennel face aux caméras, depuis sa petite mairie de Conflans-Sainte-Honorine. Il m'a donné rendez-vous à son quartier général, dans un bel hôtel particulier du boulevard Saint-Germain. Il est fatigué, mais visiblement heureux. Il sait qu'on ne dit pas que du bien de sa prestation de la veille, mais pense, lui, qu'il est parvenu à incarner le pragmatique réaliste et moderne que les Français attendent…

Les médias, qui se bousculent déjà dans l'antichambre, donneront l'écho qui convient. Il restera à soigner la tenue – surtout mieux remplir les costumes pour gommer ces vilains effets d'épaulettes – et endiguer ce flot de mots, toujours trop rapide. Bref ! L'avenir appartient à la relève…

Article transmis, je m'avise de connaître le point de vue de celui qu'on pousse si gentiment vers une retraite anticipée. L'aimable secrétaire de François Mitterrand regrette : son patron est pour l'heure en Bulgarie. Prière de laisser un message…

Quand arrive la Saint-Jean, je retourne vers mon été suédois.

Un beau dimanche de juillet, à huit heures du matin, le téléphone me fait sursauter.

« Bonjour, ici François Mitterrand, je vous réveille ?… »

Il a, me dit-il, eu bien du mal à trouver mon numéro en Suède. Nous bavardons, longtemps. Assise, en pyjama, je scrute le soleil qui filtre à travers les bouleaux. Les mésanges viennent becqueter autour de mes pieds. Et je l'entends, pour la première fois, me lancer ce qui deviendra, des années durant, sa pique favorite : je suis donc une « gauchiste de droite » !

« Est-ce parce que vous êtes un grand bourgeois de gauche que nous semblons si bien nous comprendre ? »

*

L'automne, cette année-là, nous verra déjeuner ou dîner ensemble chaque semaine ou presque. Il est gourmand, gourmet aussi. Et s'amuse de me voir courir les restaurants de la capitale, guide en poche.

Il conduit comme un chauffard. Je suis morte de peur, état que moi-même et les agents de la sécurité allons connaître en permanence pendant des années, au cours de nos promenades dans Paris. Il va droit devant lui, là où il veut aller, sans se soucier des intentions des autres conducteurs. De la même façon, une fois président, il traversera en pleine circulation, pendant que je resterai sur le trottoir en criant « Mais, tu es complètement fou ! » et que les gardes du corps se précipiteront au-devant des voitures au péril de leur vie.

J'apprends à le connaître, lui et sa façon d'appréhender le monde. Lui et son « système », cette mécanique subtile, aux rouages si complexes. Ce système qui le conduira au pouvoir et qui, des années plus tard, quand il en aura joui, lui sera fatal.

2

Les chênes de Latche

De la Pointe de Grave, où la Gironde s'ouvre à l'océan, jusqu'au Pays Basque, la côte atlantique n'est qu'une longue plage de sable, interrompue, à mi-chemin, par le bassin d'Arcachon. Au sud, les maisons landaises sont abritées par de vastes dunes, nues près de la mer et couvertes de pins à l'intérieur des terres.

Derrière l'une de ces dunes, à quelques dizaines de kilomètres de Biarritz, se trouve Latche. C'est là que François Mitterrand a fait de sa maison de campagne un refuge mythique, réservé aux intimes.

Il fallait, pour y être reçu sans appartenir à ce cercle étroit, circonstance exceptionnelle ou attention bien particulière. Quelques hôtes illustres – Helmut Schmidt, Helmut Kohl et Mikhaïl Gorbatchev – y passèrent ainsi quelques heures ou quelques jours, en compagnie des Mitterrand. En de rares occasions, le Premier ministre et les membres du gouvernement s'y rendirent même en avion. Dans les dernières années, quelques journalistes vedettes furent aussi invités à venir y entendre quelques confidences soigneusement distillées par le maître des lieux.

Latche ne paie pas de mine. On y parvient par une route sablonneuse, en dépassant d'abord une petite ferme mal entretenue dont les métayers ont longtemps ignoré que le nouveau propriétaire s'appelait François Mitterrand. Lequel, au-delà de cette ferme, devait, durant sa présidence, systématiquement racheter des parcelles de la forêt environnante.

Juste après la métairie, on tourne à gauche. La route s'arrête en contrebas de la maison. C'est une construction traditionnelle à colombages, un camélia devant la porte et une décoration assez moderne. La façade, percée pour laisser place à de grandes fenêtres, s'ouvre sur une terrasse. Pendant de longues années, on pouvait apercevoir, par ces fenêtres, Marron et Noisette, deux ânes tout crottés, dont chaque invité, sans exception, devait gratter la tête.

Devant la cheminée, un canapé et des fauteuils de cuir et d'acier. Sur la table ronde de la salle à manger, un petit plateau à épices tournant – un autre, identique, fut aussi installé plus tard dans les appartements privés de l'Élysée. Sans qu'on sache pourquoi, François Mitterrand était très fier de cette innovation technique.

La chambre de Danielle Mitterrand se trouve dans le bâtiment principal, ainsi que quelques chambres d'amis avec salle de bains.

Une loggia ouverte sert de coin télé. Son aménagement, longtemps fait de meubles en mousse d'un orange criard, offrait diverses combinaisons. Les invités étaient bien souvent obligés de se contorsionner pour apercevoir l'écran et suivre l'un de ces feuilletons télévisés que leur hôte regardait avec bien plus d'intérêt que les débats politiques.

Derrière le bâtiment principal se trouve la célèbre bergerie, que François Mitterrand a fait aménager en chambre à coucher et bureau. Des murs blancs passés à la chaux, couverts de livres, des poutres nues, une couche monacale sous une couverture de berger.

Ajoutons encore les traditionnelles remises et dépendances. La bibliothèque, aux faux airs de cabanon suédois, est une construction séparée.

François Mitterrand avait découvert Latche au cours des étés qu'il passa à Hossegor. C'était presque une ruine, qu'il avait progressivement fait restaurer.

Par une matinée baignée de lumière, Latche peut paraître accueillant, mais l'après-midi, lorsque le soleil disparaît à l'ouest derrière la haute dune boisée, l'endroit devient presque lugubre.

Ma première visite à Latche remonte à Pâques 1981, pendant la campagne présidentielle, alors que je devais « couvrir » un meeting électoral de Valéry Giscard d'Estaing à Dax, à une cinquantaine de kilomètres de là.

A cette époque déjà, j'avais été frappée par ce qui allait devenir une évidence au cours des années suivantes : entre le chef des socialistes et son entourage planait comme une douce terreur.

Jamais de propos rudes, au contraire : l'ambiance était très agréable, faite d'érudition mais aussi de ces plaisanteries, de ces ragots politiques où les Français excellent. Mais tout avait été créé, tout était fait pour satisfaire les besoins et l'humeur d'un seul homme.

Conseils et critiques se devaient d'être enveloppés, les adversaires dûment dénigrés et les médias traînés dans la boue. Tout hôte savait, à chaque visite, que le cercle des intimes était des plus étroits, qu'une critique trop vive pouvait certes n'entraîner qu'irritation momentanée mais aussi disparition de la prochaine liste de convives.

Ces week-ends donnaient beaucoup de travail à Danielle Mitterrand. Table garnie de plats bien mijotés, chambres fin prêtes, et la maîtresse de maison devait être toujours d'humeur égale, jamais lasse en apparence de conversations et de plaisanteries si souvent entendues.

Danielle Mitterrand ne pouvait pas, comme son époux, se retirer lorsque l'assemblée devenait fatigante, ou lorsqu'une urgence s'imposait. Lui, alors, se levait sans façon, gagnait la bergerie et refermait la porte derrière lui. Elle, soignait les invités.

Mais, très souvent, elle avait à ses côtés Christine Gouze-Rénal, sa sœur aînée, productrice de cinéma, femme efficace et volontaire. Et bien sûr le mari de sa sœur, Roger Hanin, bien en chair, éternel amuseur, qui passait volontiers ses nuits dans le cabanon-bibliothèque.

La vie à Latche était faite de rituels. Lorsque, tel un « chef scout », François Mitterrand le décidait, tout le monde devait partir pour la promenade en forêt. Et la compagnie galopait, montait, descendait par d'étroits sentiers au milieu des fougères et des arbustes piquants, précédée ou suivie par les immanquables labradors noirs.

Tous, mais surtout Nil, le mâle que François Mitterrand avait en 1981, adoraient rapporter les bouts de bois qu'on leur lançait, ce qui faisait traîner ces randonnées en longueur.

Il était aussi de bon ton d'admirer les abeilles, productrices du miel qui accompagnait toujours le thé du matin et les tranches de pain grillées, aussi dures que des biscottes.

Mais, avant tout, il convenait de participer à la plantation des cent chênes que François Mitterrand avait décidé de léguer à la postérité dans une clairière voisine.

Chaque année, ces chênes faisaient l'objet des soins les plus diligents. Habillé en fermier du Sud-Ouest, pantalon de velours côtelé, veste en coton, bottes et vieille casquette, François Mitterrand chargeait son compagnon du jour des couteaux, pelles et pots nécessaires, et ouvrait la marche, sa canne de promenade bien en main.

En le suivant à la trace, j'ai moi-même souvent trotté, jambes nues en été, parmi les ronces et la bruyère, pour inspecter les troncs des chênes, entailler, gratter les larves, tout en discutant chômage, paix entre les peuples ou exportations d'armes. J'avais pour tâche de pulvériser une substance noire et puante sur les parties atteintes, pendant qu'il choisissait lui-même de nouveaux emplacements, où un autre invité, ambitieux et musclé, devrait creuser de nouveaux trous le week-end suivant.

Tout près de là, François Mitterrand avait fait reconstruire une autre maison à colombages, où il avait installé son fils Gilbert. Sa belle-fille n'était pas très heureuse des gigantesques baies qui, là encore, trouaient la façade. Cette prédilection pour les surfaces vitrées allait souvent marquer les choix du président lorsque, juge suprême et souverain régalien, il devrait désigner les lauréats des prestigieux chantiers du Grand Paris.

Participer aux soins des chênes devait être considéré comme un véritable privilège. Mais de sa serre surchauffée, j'ai vu Gilbert, le fils, jeter un œil désabusé vers le « planteur » du jour, l'air de dire « encore un ! », et refermer prestement sa porte.

La victoire de mai 1981 transforma la vie à Latche. Mais en apparence seulement.

On plaça de petites guérites dans la forêt, le long des sentiers de promenade. On installa des baraquements pour le personnel de sécurité. Les invités durent montrer patte blanche, sévèrement contrôlés avant de pouvoir approcher la maison.

Danielle Mitterrand, elle, put s'éloigner de ses fourneaux : les intendants de l'Élysée se chargeaient désormais des menus et libations. On aménagea à proximité un terrain d'atterrissage pour hélicoptères. Dorénavant, le président prendrait un avion du GLAM jusqu'à Mont-de-Marsan et rallierait Latche en hélicoptère.

Mais il lui était désormais interdit de dépasser une zone surveillée par des gardes un peu ahuris, qui ponctuaient leur salut militaire d'un « Bonjour, monsieur le Président » chaque fois qu'on passait devant leur guérite. Au début, François Mitterrand eut du mal à prendre au sérieux la fébrilité des hommes chargés de sa sécurité.

C'est par un jour de plein été qu'il prit vraiment conscience de sa vulnérabilité. Nous nous promenions dans une de ces ornières sablonneuses qui traversent la forêt. Il faisait beau et il s'était promis de me montrer un coin plein de mûres.

Soudain, à proximité d'une ferme délabrée mais toujours habitée, nous sommes surpris par une averse et nous abritons dans une grange. Nous attendons là une dizaine de minutes, puis rebroussons chemin vers la maison. Après quelques centaines de mètres, nous entendons une voiture démarrer en trombe et nous suivre sur le sentier sablonneux. C'est une vieille Renault entr'aperçue dans la cour de la ferme. Au volant, un jeune homme, barbu et chevelu.

Sa façon de conduire n'a rien d'aimable, et la route ne mène qu'à Latche. Nous sursautons tous les deux et, sans échanger un mot, accélérons le pas. Derrière, la voiture s'enlise et le jeune homme, qui aurait pu nous appeler à l'aide, bondit, une pelle à la main, pour la dégager. Il redémarre. Nous pressons de nouveau le pas. Tout mon corps, toute ma raison me disent que je devrais courir. François Mitterrand se tourne vers moi et me dit : « Cours vers la forêt et cache-toi. » Je ne peux quand même pas l'abandonner…

Derrière nous, la voiture s'enlise de nouveau, le moteur vrombit et les pneus s'enfoncent de plus belle.

Hors d'haleine, nous parvenons à nous éloigner par un petit sentier qui offre un raccourci et à atteindre la première sentinelle, celle que nous n'aurions pas dû dépasser.

En saluant le garde d'un petit mouvement de tête, François Mitterrand lui dit : « Une voiture s'est enlisée dans le chemin à quelques kilomètres. Trouvez quelques bras et tâchez de la dégager. Profitez-en quand même pour jeter un coup d'œil à ses papiers… »

A l'arrivée des militaires, notre homme avait disparu. Et, à la ferme, personne ne disait le connaître.

Pendant un certain temps, le président essaya de respecter les consignes des services chargés de sa sécurité. Surtout après l'arrestation de sympathisants de l'ETA.

François Mitterrand adorait la compagnie. Mais gare à qui se serait avisé de franchir ce mur protecteur qu'il avait érigé à bonne distance ! Il détestait que l'on vînt se mêler de ce qui pouvait, selon lui, porter atteinte à son intégrité personnelle.

« Tu sais, m'a-t-il avoué un jour, je déteste même les piqûres. Je les vis comme une ingérence. »

Ce n'était pas un homme ombrageux, mais au contraire très curieux de son entourage, et la plupart du temps de bonne compagnie.

Mais François Mitterrand était timide. Timide, têtu et ambitieux. Comme tant de timides, il avait appris à le cacher en imposant à son entourage une sorte de protocole. Tant qu'on le respectait, il parvenait à masquer sa timidité. Sinon, il semblait perdu, comme un petit garçon. Soudain, l'expression de son regard le trahissait : « Tu m'as vu tel que je suis. » Seul un timide peut reconnaître la timidité de l'autre. Une nudité dans le regard, une volonté de camoufler rapidement ce qui a pu être dévoilé.

Mais grâce à sa volonté farouche, son entourage ne parvenait que bien rarement à franchir ses défenses. Chacun au contraire se laissait attribuer le rôle qui lui était assigné. C'était aussi vrai pour la famille que pour « les amis de longue date », comme disaient les journalistes. Il en résultait, pour lui, une grande solitude.

Les personnes dont il s'entourait étaient là pour le distraire, lui faciliter la vie ou lui donner cette part de ce rêve qu'il portait en lui-même.

On l'a décrit comme un cynique, un intrigant, un homme des ténèbres, un être diabolique, un Florentin…

Pour lui, tout cela était absurde. Son monde, tel qu'il me le décrivait, était clair, cohérent, et si ses différentes facettes avaient reçu un éclairage plus juste, quiconque aurait perçu l'homme simple qu'il était. Ce qui semblait contradictoire en surface n'était que soif de vie et inlassable curiosité à l'égard des comportements.

François Mitterrand considérait l'humanité comme un théâtre de marionnettes. Il n'en tirait pas les ficelles, mais n'intervenait pas non plus pour corriger les faux pas. Il laissait les personnages se battre, rivaliser, gagner ou perdre. Il distinguait les salauds des intègres, mais laissait faire. Il distinguait l'efficacité de la morale, mais pouvait laisser gagner celui qu'il méprisait, s'il s'avérait utile. Il s'appropriait l'expérience des autres. Et ce que beaucoup considéraient comme du favoritisme, cette façon d'entretenir une cour de bouffons, sous-fifres et conseillers de tout poil, enrichissait en fait sa compréhension des hommes.

Dès lors, ceux qui, à ses yeux, étaient trop entiers,

dogmatiques, dépourvus d'imagination, l'intéressaient bien moins que les personnalités pleines de fantaisie, à l'intelligence vive et originale. Ces derniers se croyaient désignés comme intimes et s'en flattaient, partageant sa conversation durant de longues promenades dans les rues de Paris ou l'espace d'un déjeuner. A vrai dire, c'est lui qui était à l'écoute : il les allongeait sur son divan mental, leur faisait développer des idées auxquelles nul ne s'était intéressé auparavant.

Qu'en faisait-il ? Sur le plan individuel, il observait et laissait faire. Mais, sur le plan politique, il entendait bien exercer son influence.

Véritable politique, il discernait rapidement en quoi les hommes pouvaient lui être utiles. Jamais il ne mêlait l'opinion qu'il s'était faite sur tel ou tel et le rôle qu'à ses yeux il pourrait jouer. Ainsi distinguait-il morale et efficacité…

Parfois, observant l'essaim qui bourdonnait autour de lui, il me faisait penser au gamin qui secoue la ruche, pour contempler ensuite, émerveillé, les réactions.

François Mitterrand ne posait jamais en homme logique et structuré, au grand dam d'un Régis Debray. Au contraire, il détestait tout ce qui était figé, dogmatique. Ses discours ne répondaient guère aux sacro-saints canons cartésiens, si chers à la haute fonction publique française. Le lyrisme y supplantait, en apparence, la construction logique. Pourtant, une vue d'ensemble de ses écrits et de ses discours laisse vite apparaître sa conception du monde et de la société.

Dans son travail aussi, il dédaignait les organisations

trop structurées. Il préférait que les idées se déversent dans un cadre moins rigoureux, et spéculait volontiers sur la rivalité que cela ne manquerait pas d'engendrer dans son entourage.

On l'a souvent accusé de ne pas s'appuyer sur une idéologie, de ne s'intéresser qu'au pouvoir pour le pouvoir. C'est une approche totalement erronée de sa personnalité et de ses convictions profondes. Il voulait le pouvoir, bien sûr, mais pour construire la société à laquelle il croyait. Son cheminement était pragmatique. Il lui fallait tâtonner, être à l'écoute, flairer l'air du temps, laisser mûrir, ne jamais prendre de décision précipitée.

Certes, plus d'une fois il fut rattrapé par l'histoire, dépassé par les événements. Mais ce qui passait pour indécision, ou manque de pensée directrice, n'était que caractère de Charentais flegmatique. Il était le vigneron qui regarde le ciel jour après jour, espérant que les raisins seront plus sucrés à l'arrivée de la pluie. Qui tantôt gagne son pari, tantôt vendange à la hâte… et parfois regarde la grêle balayer son travail.

Lorsque j'observais l'attitude des médias et de la classe politique envers lui, je ne pouvais m'empêcher de penser au Premier ministre suédois, Olof Palme. Ils avaient en commun un cheminement qu'on ne leur a jamais vraiment pardonné. Tous deux d'origine bourgeoise, ils avaient changé de cap. Mitterrand avait eu de prétendues sympathies à droite, avant de diriger la gauche ; Palme avait idéologiquement abandonné la haute bourgeoisie qui l'avait vu naître. Ils étaient donc, l'un comme l'autre, fortement suspects.

Et pourtant, dans les meilleurs cercles de l'intelligentsia parisienne, où l'on affiche un train de vie bien bourgeois, il est du meilleur ton de raconter à quelle « cuvée » l'on appartient, entendez en quelle année et à la suite de quelle crise on a quitté le Parti communiste, pour épouser, le plus simplement du monde, une pensée de droite.

François Mitterrand imposait à son entourage de respecter l'image qu'il voulait bien montrer de lui-même. Se pensait-il socialiste ? Ces idées, sésame du pouvoir, étaient-elles devenues une part de lui-même ? Il existait un doute, nourri par son refus obstiné de se dévoiler.

Les personnalités taciturnes sont irritantes : on ne sait jamais ce qu'elles pensent. Si, de surcroît, elles ont le don de vous tirer les vers du nez, tout s'envenime facilement. Rien de grave tant que la relation fonctionne, mais que surgisse la crainte, le soupçon d'une mise à l'écart, et grandit vite le sentiment d'avoir été séduit… et trahi.

C'est arrivé à plus d'un.

François Mitterrand regardait s'agiter les marionnettes, repérait les plus fortes, les plus malignes, les plus douées. Mais il était bien trop égoïste pour chercher à percer les masques et découvrir les vrais visages.

Mais qui voyait vraiment le sien ?

Il disposait de si peu de temps pour sa vie privée, de si peu de temps pour laisser deviner ses faiblesses et ses rêves, qu'il n'avait, pour sauvegarder un bout de jardin secret, qu'un seul véritable recours : se taire.

Et la sentence tomba : il est secret.

Que cache-t-il ? Quelles manigances, quelles intrigues ?

Tant de gens l'entouraient pour jouir de sa force, et si peu pour partager ses faiblesses.

3

Un jour au Vieux-Morvan

« Tu as le trac ? »

Question saugrenue…

Non, il attend. Il se repose. Il lit.

Château-Chinon, hôtel du Vieux-Morvan, chambre 7, bains et toilettes à l'étage…

Il m'a déjà appelée plusieurs fois dans l'après-midi. Il est allé voter et il est rentré chez lui, au Vieux-Morvan. Chambre 7, comme toujours depuis trente ans. Il se repose et il lit.

Il bruine sur Paris. Drôle de printemps. J'essaie de penser à ce que je vais écrire ce soir. Lui attend, tranquillement. Non, il n'a pas le trac. Il me l'a dit : « Cette fois, je vais gagner. Le chaos, la peur des collectivistes, ça ne marche plus… »

Que va-t-il se passer s'il a raison, s'il gagne. Irons-nous, comme avant, nous promener sur les quais ? Irons-nous encore prendre le thé à la Bûcherie, face à Notre-Dame ? Aura-t-il le temps de m'appeler, comme cet après-midi, comme hier, comme d'habitude ? J'aimerais ne pas y penser. Nous n'en avons jamais parlé.

Hier, les derniers sondages, que la loi interdit de rendre publics, le donnaient gagnant à 52/48… Je n'arrive pas à écrire. Tout est encore si imprévisible.

Ce soir, pourtant, il sera président de la République…

*

La campagne a commencé timidement. Il faut avoir la foi du charbonnier pour y croire. Des sauts de puce en avion-taxi, des salles des fêtes poussiéreuses, des gymnases aux relents de camphre, quelques centaines de fidèles convaincus d'avance à chaque étape…

La victoire semble encore bien lointaine, le jour où François Mitterrand me propose de le suivre en tournée dans le Midi. Nous avons rendez-vous non loin de son appartement de la rue de Bièvre, entre le boulevard Saint-Germain et la Seine. Son chauffeur et homme-à-tout-faire, Pierre Tourlier, nous emmène au Bourget où nous attend le petit avion affrété pour l'occasion.

Tourlier est un homme de grande taille, d'humeur égale, arborant toujours une cravate rouge. Il connaît bien Göteborg, ma ville natale, où il a accompagné son fils, sélectionné pour un tournoi de foot junior. Ils ont campé à Skatås, tout près de la ville, et sont allés s'amuser au parc de Liseberg.

François Mitterrand s'étonne et s'inquiète de ne pas me sentir impressionnée par ses tournées électorales.

« Comment fait-on chez Palme ? me demande-t-il. Je suppose qu'il y a des meetings gigantesques, des foules, des drapeaux…

– Bof… » Je lui explique que l'engouement des Suédois pour le welfare social-démocrate s'est bien refroidi, que les réunions sur les marchés font chou blanc et que le grand meeting d'Almedal, point culminant de la dernière campagne, n'a guère plus fait recette.

Le Mitterrand qu'on m'avait dépeint, avant que j'apprenne à le connaître moi-même, n'avait rien de très sympathique : un homme tout entier tendu vers la conquête du pouvoir et qui ne recule devant rien, manœuvre, intrigue ou machination, pour y parvenir…

Le Mitterrand-candidat m'apparaissait fin stratège et grand tribun, entouré de conseillers aussi dévoués qu'étranges, et capable comme aucun autre d'enflammer les foules en invoquant la justice et flétrissant un régime soumis aux privilèges d'une infime minorité. Mais s'il aimait jouir des acclamations, il acceptait mal la discipline imposée d'une démocratie devenue cathodique : choisir un costume, assortir la cravate, subir le balai des maquilleuses lui répugnait visiblement.

Sorti de ses cénacles et descendu de ses estrades, le Mitterrand ordinaire semblait, lui, bien plus porté sur les vieux livres, l'histoire et l'architecture sacrée. « La vie, me disait-il, est tellement plus riche que la politique. »

A peine dans l'avion, ce jour-là, il sort de sa serviette une vieille édition de Julien Gracq, *En lisant, en écrivant*. Soigneusement, il coupe les feuilles et se plonge dans sa lecture.

Vraie passion ? Fausse évasion ? Souvent, par la suite, je me poserai la question, le soupçonnerai, en le voyant sortir ses grands auteurs, de vouloir épater l'entourage, ou même somnoler tranquille...

Certains de ses adversaires m'ont suggéré une autre interprétation : né bourgeois, le socialisme n'était que son théâtre, et ses goûts littéraires le ramenaient au bercail. Telle était, en effet, son image dans bien des médias. Toujours le même refrain : l'enfance à Jarnac, pays du Cognac ; l'adolescence heureuse au milieu des sept frères et sœurs ; la famille catholique, pieusement conservatrice ; l'influence du grand-père maternel, qui lui donnera le goût de l'histoire et lui apprendra l'art de se taire.

Était-il prisonnier de cette image, malgré quelques efforts pour y glisser ses convictions socialistes ?

Je ne pouvais m'empêcher de le penser. Et il suffira bientôt de faire, en sa compagnie, le tour des grandes librairies d'occasion, de l'entendre disserter des vieilles éditions sur papier Hollande avec des libraires obséquieux, pour finir de s'en convaincre.

Je suis persuadée qu'il s'ennuyait dans sa littérature fin de siècle. Mais jamais je ne pus lui faire ouvrir un policier, ni fréquenter les grands Anglo-Saxons. A part ses classiques, il disait aimer García Márquez, mais restait fermé à Faulkner ou Dos Passos. Tout juste me permettra-t-il de lui retrouver une de mes pièces favorites de Tennessee Williams. Et en contrepartie, m'emmènera dans la boutique vieillotte de José Cortí, face au Luxembourg... pour me sortir presque tout Julien Gracq.

Devenu président, il continuera de pousser la porte

de ces vieilles librairies, momentanément fermées, le temps de sa visite. Il discutera la sélection préparée à son intention, tâtant, soupesant, caressant chaque ouvrage.

Mais ce jour-là, alors que l'avion amorce sa descente vers Avignon, il est encore loin ce monde d'artifices, cette prison dorée où la moindre escapade fait encore théâtre.

Il délaisse enfin Julien Gracq et lève le nez.

« Y a-t-il un discours ?

– Euh ! Non, s'excuse le collaborateur, un peu décontenancé. D'habitude, vous ne voulez pas qu'on les écrive.

– Je me demandais seulement ce que j'allais pouvoir dire », s'excuse à son tour le candidat, faussement embarrassé.

Dans la salle des sports de Bagnols-sur-Cèze flotte une odeur de graillon. François Mitterrand monte à la tribune. Acte un d'un spectacle qui, aujourd'hui, en comptera trois autres, quasi identiques, à Béziers, Carcassonne et Perpignan.

L'homme trapu, cheveux clairsemés, air flegmatique et allure paresseuse, se transforme en un tournemain. S'enflamme, lyrique en diable. Murmure, crie, rit, vitupère, cajole, griffe... Parle, parle, parle, sans répit, sans notes. A la foule qui l'écoute, il donne ce qu'elle est venue chercher. Au-delà de toute attente, les plus beaux rêves que le socialisme ait jamais conçus.

Le déjeuner suit. On a dressé de longues tables et aligné des rangées de chaises en plastique. Alors qu'on sert les steaks frites et le vin rouge, le maître de cérémonie, qui a récemment accompagné François Mitterrand en Chine et en Polynésie, y va de sa petite surprise : une troupe de danseuses tahitiennes, ventres nus, jupes en raphia, cheveux en fleurs. Succès garanti, sauf pour le candidat qui, en pleine discussion avec son voisin de table, veille à ce qu'aucun photographe ne le fixe sur fond de danseuses dévêtues.

Carcassonne : des dames très respectables, fraîchement sorties de chez leur coiffeur, brandissent leur rose rouge et opinent à chaque bonne formule du candidat. De vieilles voix éraillées entonnent *la Marseillaise,* et le futur président reprend la route… Béziers, Perpignan… La nuit est chaude, pas loin de 20 degrés, mais François passe son pardessus. Il a froid : ce sera son seul signe de fatigue.

Dans l'avion du retour, je suis épuisée. Lui, déjà ragaillardi, me raconte jusqu'au moindre détail le séjour de la reine Christine à Fontainebleau… La façon dont elle a fait assassiner le marquis de Monaldeschi, un personnage de sa suite, qui agonisera sans fin dans la galerie des cerfs… La fureur de Louis XIV, qui rappelle Christine au respect des lois de son royaume… Et la reine qui excipe de la douce saveur de la vengeance… Il est intarissable et je peine à lui avouer que l'épisode n'a pas rendu nos historiens aussi prolixes.

« Tant pis, réplique-t-il. Le château n'est pas bien loin. Un de ces jours, on ira y jeter un œil… »

Il est près de deux heures du matin lorsque nous atterrissons à Paris. Pierre Tourlier nous attend. Le lendemain, à huit heures, François Mitterrand doit être d'attaque pour préparer sa campagne télévisée.

« Ne regarde pas, s'il te plaît, me supplie-t-il. Je déteste parler à une caméra, ne pas voir les gens que je dois convaincre… »

*

Pour un journaliste, c'était une campagne de rêve. Une bataille à couteaux tirés, ambiances électriques. La France était en ébullition. Et moi, j'étais heureuse que François, qui jouait pourtant son destin politique, ait encore, au milieu de ce fracas, l'envie et le temps de penser à moi.

Il faisait des pieds et des mains pour que je puisse suivre partout la campagne. C'est alors qu'il a commencé à m'appeler le matin pour me réveiller, presque tous les jours. Une habitude qu'il devait garder de longues années.

Pourtant, je continuai à le considérer un peu comme un « étranger ». Il a fallu du temps pour que nos rencontres deviennent une douce habitude.

L'image de cette campagne portait tout entière la marque de Jacques Séguéla. Il était amusant de voir François se laisser conduire, endosser les habits de la « Force tranquille », troquant sans rien dire son costume de velours côtelé, modèle vieille garde socialiste, pour les complets, à la fois élégants et décontractés, signés Lassance. Aujourd'hui encore, quand je regarde de vieilles photos, je me demande comment il a pu supporter si longtemps ses canines pointues que Séguéla lui a fait limer. Elles ne lui donnaient pas l'air rassurant, c'est sûr…

Devenue simple duel, la bataille se concentre autour du face-à-face télévisé qui doit opposer Mitterrand et Giscard d'Estaing. Les querelles byzantines que son organisation suscite paraissent bien étranges, ridicules même, aux yeux des correspondants étrangers.

A Latche, le jour de Pâques, la discussion se déchaîne au cours du déjeuner. Sectarisme, esprit de clan, délire de la persécution semblent parcourir la table. Ici, la télévision est l'ennemi juré : jamais elle ne rendra justice au candidat socialiste, jamais elle ne le traitera à égalité avec son adversaire. C'est l'évidence : tout le monde a peur. Pour qui vient d'un pays où la télévision sait être indépendante, cette peur-là est tout bonnement ahurissante. Sans parler de ce que j'entendrai encore, le même jour, sur les changements de têtes à opérer au plus vite dans le petit monde de l'audiovisuel en cas de victoire…

Avant le dessert, on aura aussi réglé les derniers détails de cette fin de campagne et notamment renoncé à tout grand rassemblement parisien à la veille du jour J : surtout ne donner aucune prise à d'éventuelles provocations des communistes qui jouent au chat et à la souris, sachant que leurs voix peuvent assurer le succès ou l'échec de François Mitterrand au second tour.

Mais les socialistes ne sont pas seuls à connaître la peur. Quittant la tablée inquiète de Latche, je file vers un meeting de Giscard d'Estaing à Dax, quelques dizaines de kilomètre plus loin. Le président sortant, fervent chasseur, n'est pas au mieux dans le rôle du pourchassé. Or la campagne tourne au procès : il y a bien sûr le chômage, qui a quadruple au cours du dernier septennat, l'inflation – record ou presque des pays occidentaux –, mais aussi cette vilaine histoire de diamants dont le président n'a jamais pu se défaire.

Reste malgré tout ce débat télévisé, que Valéry Giscard d'Estaing est persuadé de remporter haut la main. Fût-ce, comme sept ans plus tôt, d'une simple pique assassine. Ah ! Ce fameux « monopole du cœur »…

François Mitterrand, redoutant l'épreuve, a imposé des conditions draconiennes. La veille du duel, il me donne rendez-vous près de Notre-Dame. Il est plus tendu que jamais, ressasse toutes les ruses qu'il devra déjouer. Timidement, il me donne un carton d'invitation.

A une heure du duel fatidique, l'ambiance est plutôt au cocktail mondain. On retrouve là les vedettes consacrées du Tout-Paris, d'humeur apparemment joviale. La plupart des invités n'accéderont pas au studio, mais suivront le débat dans un salon attenant, devant un grand écran. Je préfère finalement m'éclipser et regarder tranquillement chez moi.

Quelques heures plus tard, François me téléphonera, soulagé, plutôt satisfait : « Cela ne changera pas grand-chose. Je n'ai pas perdu de terrain. »

*

On prépare déjà le « grand soir » au quartier général des socialistes, quand j'y arrive en fin d'après-midi, ce 10 mai 1981. Juste un coup d'œil dans le bureau de

François : les dirigeants du PS sont tous là, sauf le premier d'entre eux, bien sûr, qui se repose et lit à Château-Chinon.

La cour intérieure, en contrebas, affiche elle aussi complet : militants et journalistes se pressent autour des buffets abondamment garnis. Le champagne est au frais. Il n'est pas vingt heures, la France ne sait pas encore. Mais les premiers résultats des sondages « sortie des urnes » ont déjà filtré ici… On sait, ou on croit savoir.

Le visage de Jean-Pierre Elkabbach, avant même l'heure H, vaut confirmation. François, qui ne regarde pas la télévision, ne voudra pas le croire, quand on lui racontera. « C'est un bon professionnel », dira-t-il invariablement lorsque, peine purgée, le même Elkabbach retrouvera grâce aux yeux de ceux qui l'ont puni.

C'est donc fait. Il a gagné. Il me faut l'écrire. Tout dire, vite : le délire de la Bastille, sous la pluie, Paris en liesse, la France « libérée »… et, ici ou là, les volets qui se ferment pour ne pas voir « ça »…

Ce n'est pas tant, François le sait, qui peaufine maintenant ses premiers mots de président, une victoire de la gauche qu'une défaite de la droite : Giscard d'Estaing a été victime du désamour qu'il a suscité et de cette vague qui, grosse de la crise et du chômage, emporte les gens en place, comme partout ailleurs en Europe.

François en est pleinement conscient. Maintenant commence le vrai travail. Il s'agit de faire vite, et de l'épouser, cette vague, avant qu'elle ne reflue : les législatives sont programmées pour le mois suivant.

Maintenir l'élan, miser sur l'enthousiasme, le désir

de changement. Le programme est là, tout ficelé. Il a fait le succès du président, il fera le bonheur des députés. Cent dix points et une « force tranquille » pour transformer la victoire en triomphe, prendre la Chambre après l'Élysée.

Nationaliser, réformer, redistribuer… Que de promesses ! Développer l'industrie, les transports, l'énergie, la culture… Que de défis ! Et le chômage ? Vaincu par la retraite à 60 ans et les 35 heures ? Que d'espoir… Combien de fois François m'a répété : « N'oublie jamais que la majorité des Français est à droite. »

Dix jours passent, peuplés d'interminables conciliabules. Rue de Bièvre, on fait un gouvernement ; à l'Élysée, on défait un président. D'une rive à l'autre, Pierre Bérégovoy, fidèle parmi les fidèles, prépare le relais entre l'ancien et le nouveau. Le chef du protocole élyséen fait lui aussi la navette : même quand elle tourne à gauche, la République a le souci des formes.

Au onzième jour, 21 mai, il pleut. Drôle de printemps, décidément… Mais François, qui vient de prêter serment, ne le sent même pas, en remontant la rue Soufflot, trois pas devant tous les siens, jusqu'au Panthéon. Pas lent et solennel, il entre seul. Un jeu de caméras l'accompagne vers la crypte, où il s'incline devant Jaurès et Jean Moulin. Rituel pompeux, lourd faute de savoir être grave, inspiré par Jack Lang, déjà maître des cérémonies…

Je suis en train d'écrire, stressée. Il faut que je termine mes articles. La sonnerie du téléphone m'arrache à mon travail. C'est François Mitterrand qui m'appelle, demande de mes nouvelles.

« Comment je vais, moi ? Mais, c'est à toi qu'il faut demander ça aujourd'hui !

– Si je te dérange, répond-il, je te rappellerai quand tu auras fini ton article. »

Il me faut insister, insister encore, pour savoir ce qu'il a ressenti quand Mendès France a fondu en larmes dans ses bras, quand il a vu Giscard descendre du perron et quitter l'Élysée, quand il a franchi le seuil du Panthéon…

« Bof, ça allait. J'étais seulement un peu fatigué. »

Il n'en dira pas plus, cherchant seulement à savoir si j'ai fini de lire le dernier livre qu'il m'a offert et ce que je compte faire de ma soirée…

4

Le sérail au Château

Il y avait chez beaucoup d'entre eux un manque d'humilité, un manque d'expérience et de bon sens qui ne pouvaient être compensés que par une attitude hautaine et un esprit de clan. Lorsque François Mitterrand s'installe à l'Élysée après la victoire de mai 1981, le Château passe aux mains d'une cohorte pour le moins bigarrée. Il y a place pour tout le monde dans la maison du Père. Des vieux grognards du mitterrandisme aux convertis de l'avant-dernière heure, des fidèles à récompenser aux émules des coteries socialistes, des fils, filles ou veuves d'amis disparus aux énarques brevetés de gauche... Un étrange cocktail de compétences avérées, d'amateurs éclairés et de favoris du Prince. Ils sont tous arrivés à l'Élysée sans savoir vraiment en quoi consisterait leur travail au quartier général du président.

Certains resteront « au Château » pendant des années, sans jamais vraiment savoir pourquoi. La plupart de ceux qui emménagent, ce printemps-là, n'auront que rarement l'occasion d'approcher le président. Tout juste verront-ils, de temps à autre, revenir une des notes qu'ils lui adressent, paraphée « FM » à l'encre bleue, sans autre commentaire. Certains en concevront une sincère amertume. D'autres, plus habiles, comprendront vite la marche maison et sauront prendre du galon. De fait, un système complexe de réseaux va se mettre en place, avec ses lobbies, ses clans, ses circuits parallèles, vidant peu ou prou de leur contenu les structures et instances formelles.

Est-ce la marque d'un style typiquement mitterrandien ? Ou l'effet, à la fois mécanique et pervers, de tout pouvoir qui s'installe ? Dans leur grande majorité, les nouveaux permanents de l'Élysée prennent vite le pli. Qui donc toucherait le pouvoir sans y goûter un peu ? C'est trop tentant... Étonnante métamorphose que celle de ces jeunes gens droit sortis des bureaux et commissions du parti : on troque l'ensemble Agnès B. pour un petit tailleur « emprunté » chez un couturier du Faubourg, on brade la Super Cinq pour une des R 25 du parc privé... Les sabras du socialisme se refilent les bonnes adresses et se glissent dans les meilleurs salons.

Côté travail, les débuts sentent l'improvisation : « On était un peu perdu, me racontera Hubert Vedrine. On se cherchait un bureau qui convienne et on faisait mettre son nom sur la porte... » Heureusement, il y a là deux vieux briscards qui vont mettre un brin d'ordre : André Rousselet et Pierre Bérégovoy, l'un comme l'autre indéfectiblement attachés, depuis des années, au président.

*

Riche propriétaire des taxis G7, Rousselet est l'un des plus anciens compagnons de François, dont il a dirigé le cabinet, sous la Quatrième, à l'Intérieur puis à la Justice. D'une élégance apprêtée, grand amateur d'art, propriétaire d'une galerie, il est aussi le partenaire attitré du président sur les greens, chaque lundi matin. Plus qu'il n'en faut pour exaspérer les socialistes, auxquels Rousselet ne manque jamais de rappeler qu'il n'est pas des leurs. L'homme, plutôt snob, facilement arrogant avec qui ne lui n'est pas utile, se plaît à impressionner François par son extraordinaire entregent. Rien d'étonnant qu'il se soit vu confier le financement de la campagne. Installé à l'Élysée, il est censé s'occuper de l'administration mais manifeste déjà une passion particulière pour les médias. Il les surveillera de près, mois après mois, et atterrira tout naturellement, mission accomplie, à la tête d'Havas avant de lancer Canal Plus.

Pierre Bérégovoy, qui partage la confiance du président avec Rousselet, en est aussi le parfait contrepoint. Patelin, aimable, ses origines populaires font presque exception dans le Landernau socialiste. C'est le parti et François Mitterrand qui ont permis à l'ancien gazier rouennais de sortir du rang. Sa façon un peu naïve de souligner son importance fait parfois ricaner, mais personne n'a jamais douté de son intelligence, ni surtout de son étonnante puissance de travail. Nommé secrétaire général de l'Élysée, il prend vite ses marques et évite les conflits avec Rousselet. Pourtant, quand l'un et l'autre quittent l'Élysée – Béré pour devenir ministre –, l'organisation est encore bien fragile.

« Château » oblige, la vie quotidienne en ces murs tient davantage de la Cour que du management dernier cri. Bien présomptueux qui voudrait démêler l'écheveau des responsabilités et dénicher un véritable circuit de décision dans ce labyrinthe de conseillers et chargés de missions en tous genres.

A la Constitution de la Cinquième République, qui entremêle déjà à loisir les pouvoirs du président et ceux du gouvernement, vient s'ajouter la manière propre de François Mitterrand, mélange subtil de florentinisme et d'indécision calculée. La hiérarchie formelle, coiffée par le secrétaire général, est doublée, contournée, parasitée, comme et quand le président le désire, par un jeu d'allégeances directes.

Nul mieux que lui ne sait brouiller les cartes, confier – sans le dire bien sûr – le même ouvrage à plusieurs de ses seconds. Il répugne au travail collectif, fuit les réunions, multiplie les tête-à-tête, dont il estime tirer beaucoup plus de profit. François Mitterrand n'a jamais compris qu'il était très frustrant pour beaucoup de ses conseillers techniques de ne jamais, ou presque jamais, le voir réagir en personne à leur travail. De ne jamais rencontrer l'homme qui passait année après année ses journées sous le même toit qu'eux.

Pour ces heureux élus, il s'agissait de cacher cette réalité inavouable à leur famille, à leurs amis et voisins, qui se faisaient une image tout autre de la vie dorée à l'Élysée. Qu'importe, le président connaît sa maison et joue à merveille des rivalités qu'il observe de près, quand il ne les a pas lui-même suscitées.

*

Un personnage excelle entre tous à ces jeux de Cour : Michel Charasse. Rondouillard et frisé, le verbe haut, le langage vert, voire gras, toujours jovial en apparence, il fait facilement le bouffon, mais le masque ne trompe pas : s'il ravit le président par ses talents de conteur, jamais à court de bons mots, et surtout de ragots, cet érudit de la France électorale, imbattable au jeu des mille cantons, est aussi un génie de l'intrigue, de l'influence et, quand il le faut, de la machination.

Conseiller politique très écouté, Charasse a droit, à l'Élysée, à sa propre salle à manger. On y fait bonne chère et mauvais coups. Autour de la table, bien souvent, Hubert Vedrine, l'expert en questions internationales, Gilles Ménage, l'homme des services de renseignement, Jean-Claude Colliard, l'œil sur les médias, Jean Glavany, porte-parole de la maison, Christian Sautter, secrétaire général adjoint, et, élément féminin de la bande, Nathalie Duhamel, patronne du service de presse.

Devenu sénateur, quelques années plus tard, Charasse conservera sa salle à manger au Château. D'un septennat l'autre, il sera resté pour le président une inépuisable source d'informations, un partenaire de petits et grands secrets, une sorte de « pompier de service », le seul homme en tout cas qu'on juge utile d'emmener quand il s'agit d'aller, quasi impromptu, rencontrer Kadhafi en Crète… Sur la fin, François trouve encore dans la compagnie de Charasse une façon de cultiver son goût du pouvoir et, quand le cancer qui le ronge le cloue dans sa chambre, il attend le sénateur, impatient d'entendre ses plaisanteries et ses derniers ragots.

*

Il a fallu du temps avant que François ne se décide à faire changer le décor tristounet de son antichambre, au premier étage du palais. Pendant des années, ministres et grands de ce monde, amis et artistes, solliciteurs et plaideurs patentés y ont fait très inconfortablement banquette au milieu d'un ballet de conseillers qui s'offraient un détour, dossiers sous le bras et l'air affairé, afin de ne pas manquer l'éventuel VIP de passage.

L'une des conversations les plus fascinantes que j'aie entendues dans cette pièce de passage s'est déroulée lors d'une visite d'Henry Kissinger.

Kissinger tirait des ragots un profit juteux. Il veillait à obtenir des entrées chez les chefs d'État et de gouvernement du monde entier, pour y raconter ce qu'il venait d'entendre, tout en espérant pouvoir recueillir en échange quelques bons morceaux pour l'étape suivante.

Hubert Vedrine, le conseiller en politique étrangère de François Mitterrand, celui qui doit assister le président dans l'élaboration de la ligne à adopter en matière de politique étrangère, entre dans la pièce et salue chaleureusement Kissinger. Après quelques bavardages, il s'excuse, le temps d'aller chercher quelque chose dans son bureau. Il revient, portant un gros pavé : l'imposant ouvrage de l'illustre visiteur sur la politique étrangère, vue par les Américains.

« Ah, monsieur Kissinger, dit le conseiller en politique étrangère du président français, vous devez absolument me dédicacer ce livre ! C'est ma bible ! »

L'antichambre s'ouvrait d'un côté sur le grand escalier et son immense portrait du Général en majesté, de l'autre sur le bureau du secrétaire général et l'aile réservée aux conseillers. Accéder au bureau présidentiel supposait de traverser encore une pièce, où s'était fort opportunément installé Jacques Attali.

Prompt à marquer son territoire, il avait, à peine arrivé, squatté ce dernier sas avant Dieu. Hors concours dans la catégorie « grosses têtes », ce juif pied-noir cousu de diplômes – ENA, Polytechnique, Mines et un doctorat d'économie politique – s'était mis au service du Mitterrand candidat pour lequel il devint rapidement une inépuisable « boîte à idées ». Après la victoire, il ne pouvait qu'atterrir là, tout près du président, avec un titre de « conseiller spécial » qui lui épargnait les affres hiérarchiques.

Visage rond et cheveux lisses, les yeux vifs derrière de grosses lunettes, ce fort en thème de 38 ans a déjà huit livres à son actif quand il pose là ses cartons. Le travail au Château, plus de douze heures par jour, ne devait pas entamer cette prolixité. Il disait consacrer à ses ouvrages plusieurs heures avant l'aube. Au moment où les photocopieuses sont libres, persifleront ses détracteurs, quand il sera avéré qu'Attali, écrivant plus vite que son stylo, ne rechigne pas à l'emprunt et oublie volontiers les guillemets.

Attali, il est vrai, ne comptait pas que des amis dans la maison. Il entretenait même une rivalité notoire avec Charasse, qui devait l'empêcher de remplacer Bérégovoy au secrétariat général. Qu'importe, Attali ne décollait pas des basques du président, notant jour après jour, sans scrupules excessifs, de quoi nourrir trois volumes d'un *Verbatim* assuré d'un succès de librairie...

Il se tenait mal à table, était parfaitement impoli envers les personnes sans utilité pour lui, et son anglais était lamentable.

A l'occasion d'un dîner officiel à São Paulo, pendant une visite d'État à l'automne 1985, nous nous sommes retrouvés à la même table, Jacques Attali et moi, avec des ministres et des industriels brésiliens.

Attali, arrivé en retard, n'a pas salué les six personnes autour de la table et, après avoir avalé quelques bouchées, s'est levé, puis est parti. Les convives étaient stupéfaits, et c'est moi, journaliste suédoise faisant partie de la suite du président, qui ai dû faire la conversation et représenter la France auprès de ces dignitaires ! Il témoignait en revanche, envers le président, d'une déférence presque obséquieuse. Mais, sur tous les grands dossiers, il planchait et sortait dix idées, dont une pouvait faire florès. Le « sherpa » servait en quelque sorte de mur d'entraînement pour son patron.

*

Il n'était pas toujours facile de travailler avec François. Les habitués des jeux de pouvoir s'en sortaient, les autres risquaient de souffrir en silence. Et les plus aguerris n'étaient pas non plus à l'abri des épreuves ou des rebuffades. Hubert Vedrine lui-même en a parfois fait l'expérience. Anecdote parmi d'autres : devenu porte-parole, il discutait un jour, lors d'un voyage présidentiel, avec un groupe de journalistes. François, soudain curieux, s'approche et lui demande ce qu'il fait.

« Je leur raconte ce que vous avez dit, explique le porte-parole.

– Mais je ne vous ai rien dit », rétorque le président, presque ravi de voir son collaborateur devenir écarlate.

Vedrine s'adaptera sans trop de peine, construisant et soignant un réseau personnel très efficace parmi les journalistes « qui comptent ». Blond, la calvitie précoce et des complets un peu vieillots, le jeune homme a le double avantage d'être doué, non dénué d'ambition et d'être le fiston d'un ami de Résistance de François Mitterrand. Aux affaires culturelles du Quai d'Orsay avant que la victoire ne sourît enfin à la gauche, il s'était fait une solide réputation d'expert en soviétologie. Il élargit vite son champ de connaissance et d'action et conseille utilement le président sur toutes les questions internationales.

Il se montre moins à l'aise dans ses fonctions de porte-parole. Il faut dire que son patron ne prenait guère le temps de lui préciser la parole qu'il devait justement « porter ». L'information claire sur ses positions ou ses intentions n'était pas le fort de François Mitterrand. Et l'entourage n'arrangeait rien, où l'on se bousculait pour avoir l'air d'être « au parfum », sans craindre de marcher sur les pieds du voisin, si cela conférait le privilège, bien éphémère, d'être au plus près du président.

Cela frisait – voire dépassait – souvent le ridicule. Où que ce soit, de la Vallée des Rois à l'Inde du Sud, des cascades d'Afrique au quartier colonial de Carthagène, la même troupe affairée, jouant des coudes et dégoulinant de sueur, suivait à la trace un président censé dispenser, çà et là, sages paroles et mots futiles.

Est-il dans la nature même du pouvoir d'entretenir ces essaims courtisans ? En vérité, François éprouvait un véritable plaisir à ce spectacle. « Pourquoi m'évites-tu, pourquoi préfères-tu parler aux autres ? », m'a-t-il un jour demandé, d'un ton de reproche. Comme je lui expliquais que je jugeais ces jeux de Cour tout bonnement humiliants, que je n'avais aucune envie d'entrer dans ces cohues pour l'entendre dire des banalités sur Chirac ou l'apercevoir en train d'admirer un tableau, il m'a regardée, sourire en coin, et a marmonné : « Oui, c'est vrai, ils sont assez ridicules, c'est étrange ce manque de fierté… »

*

Un homme s'est toujours tenu hors des mêlées courtisanes, des coteries et des clans, inaccessible aux ragots et autres malveillances : Jean-Louis Bianco, qui succéda à Pierre Bérégovoy au secrétariat général. Surprenant pour qui a beaucoup fréquenté la maison, voilà un homme qui suscitait l'estime et le respect de tous !

Il était, il est vrai, atypique en diable dans l'univers du palais. Grand, un peu raide, sourire éternellement aimable, prévenant avec le personnel, il faisait boy-scout chez les crocodiles. Il n'avait souci ni de travailler son profil de carrière ni de complaire aux chefs de rang du parti. Ingénieur de formation, puis enseignant en faculté, il avait même un temps joué le « retour à la terre », partant élever ses moutons dans un petit coin de campagne ensoleillée.

Dur à la tâche, il passait aussi pour être le meilleur interprète de la pensée présidentielle. Au Château, certains juraient qu'il en était si « imprégné » qu'il pouvait aisément la devancer, ce que François m'a d'ailleurs confirmé. Mais, le temps passant, il s'est lassé de la besogne, rêvant, à son tour, de se lancer en politique. François, fin connaisseur des talents – et de l'utilité – de chacun, hésita longtemps avant de céder : Bianco devint ministre des Affaires sociales. On s'aperçut bientôt que le président avait eu raison d'hésiter.

La carrière politique convenait davantage à une Élisabeth Guigou, la « madame Europe » du président. D'une élégance facilement audacieuse, chevelure blonde et chemisier décolleté, même de bon matin lors des négociations au sommet, la dame savait adroitement lier féminité et compétence dans un monde très masculin. Elle allait pourtant se faire moins coquette, maquillage discret et simple queue de cheval, à mesure qu'elle glissait vers la politique active et donnait dans le discours social.

Une autre jeune femme allait bientôt prendre sa place. Pur produit de l'ENA, ambitieuse et aux petits soins pour sa carrière, Anne Lauvergeon, secrétaire générale adjointe, prit les habits de « sherpa » après le départ d'Attali, dont elle s'empressa bien sûr d'occuper le bureau. Elle savait se rendre disponible et être là où il convenait d'être vue, mais venait grincher dans les bureaux voisins quand le président s'avisait de l'emmener en promenade, tâche qui, d'évidence, n'était plus très propice à l'avancement…

*

C'est que « l'aventure » touchait à sa fin. François Mitterrand, rongé par la maladie, pensait et parlait pour l'Histoire, comme s'il voulait, jusqu'au bout, écrire lui-même les pages qu'elle lui réserverait. La droite gouvernait, offrant au président une cohabitation pleine de civilités. De nouvelles têtes apparaissaient dans les couloirs de l'Élysée, mais chacun savait bien que le pouvoir n'était plus là.

Le Château sentait la fin de règne. Pour beaucoup de ceux qui y avaient passé quelques années de leur vie, venait l'heure, et parfois l'angoisse, du reclassement. Les plus avisés avaient déjà assuré leurs arrières. Ou s'empressaient d'ouvrir, sereins, des carnets d'adresses passablement enrichis. Mais les autres, plus embarrassés, devaient s'adresser à Michel Charasse. Le bon sénateur, toujours aux manettes, gérait le recyclage. Il connaissait mieux que quiconque les états de service et savait compter les fidèles : à eux d'abord, il offrait les « pantoufles ».

Il était loin, bien loin, le temps où un Debray, un Orsenna, quittaient tranquillement le Château, seulement pressés de tourner la page, sans autre souci que de revenir à l'écriture. Le premier, un peu sombre, avait déjà tiré le bilan, pertes et profits, des années Mitterrand. Le second, toujours plein d'humour, fait rire de son « nègre » qui ne rencontre jamais l'homme pour lequel il écrit. Dix ans plus tard, les « nègres » à recaser priaient saint Charasse…

*

Fidèle parmi les fidèles, François de Grossouvre était l'homme du soir. Dernier dossier refermé, quelle que soit l'heure, le président savait qu'il était là, qu'il l'attendait, plus patient, plus fidèle encore que ses labradors noirs.

Mince, l'élégance désuète, barbiche et regard liquide, réputé grognon, Grossouvre cultivait un côté « vieille France » qui ne pouvait déplaire à son ami charentais. Il aimait par-dessus tout le cheval, la chasse et les secrets. Né privilégié d'une famille de banquiers fortunés, il avait lui-même brassé pas mal d'affaires avant de se retirer dans une fort belle propriété, à Lusigny-en-Allier, où François se rendait souvent en week-end.

Les deux hommes se connaissaient depuis les années cinquante. L'argent de Grossouvre avait bien sûr nourri la longue carrière de son ami. Mais leur vraie complicité était ailleurs. Cet aristocrate distingué avait rang de

« compagnon », ce qui, en Mitterrandie, lui conférait égards, droits et devoirs particuliers : homme de confiance et messager secret, dans les affaires publiques mais aussi personnelles, et bien sûr partenaire privilégié de promenade.

A l'Élysée, François de Grossouvre ne rendait compte qu'au président en personne. L'ombre était son apanage et il connaissait bien, entre autres, l'armée, les services secrets et le Moyen-Orient. Les liens qu'il y avait tissés, au cours des années, allaient évidemment servir.

Mais peu à peu, François de Grossouvre vit pâlir son étoile. Le vieil ami n'était plus au rendez-vous. Il avait bien, malgré son âge – seul le président n'avait pas d'âge à l'Élysée –, tenté de défendre « sa » place. En vain. On médisait de lui dans les couloirs, on lui reprochait d'avoir manqué de jugement dans quelque affaire proche-orientale, on le disait surtout trop incontrôlable. On ne l'avait pas chassé, non, on lui avait laissé les chasses : celles que la République réserve au président, à Chambord et ailleurs.

Je me retrouvai un jour assise à côté de lui, en avion, retour d'un voyage présidentiel à Oman. Il parlait, sans fard ni ambages. Du président et de sa politique dévoyée. De l'entourage, surpeuplé d'arrivistes et d'hypocrites. Le ton était moins à l'aigreur qu'à la mélancolie : « François est un homme foncièrement malheureux, me dit-il. Si seulement il osait vivre un moment de vrai bonheur dans son existence. Mais non, maintenant il trahit tout ce en quoi il a cru… »

Un peu plus tard, le président, passant entre les rangs

pour se dégourdir les jambes ou distribuer ses grâces, arrive devant nous. Son regard s'assombrit. « C'est bien ce que je pensais, maugrée-t-il devant Groussouvre qui se met à rougir, vous l'avez mise à côté de vous pour vous plaindre de moi… »

La rupture était consommée. François Mitterrand s'était lassé de son ami. « Il a gardé l'appartement du quai Branly et son bureau à l'Élysée… », me répondit-il, d'un ton irrité, un jour où nous en parlions. Un bureau à l'Élysée, en effet. Où il n'avait rien à faire, sinon, un beau soir, se tirer une balle dans la tête…

François m'expliqua, comme à tant d'autres, que Grossouvre était depuis longtemps en profonde dépression. Qu'il craignait que la maladie ne le dévore, ne diminue ses capacités, et qu'il ne pouvait le supporter. Absurde. Le président n'avait, à l'évidence, plus la force de se laisser atteindre par cette nouvelle tragédie, un an presque jour pour jour après le suicide de Pierre Bérégovoy, qui l'avait d'autant plus bouleversé qu'il n'avait, disait-il, pas senti poindre le danger.

Oui, François de Grossouvre était malade, déprimé. Mais son suicide était un cri, une accusation. La rançon d'une trop grande dépendance, d'une amitié, d'une fidélité qu'il sentait trahies.

On meurt aussi d'amertume.

5

Les invités du Roi Soleil

N'en déplaise aux sans-culottes et autres gavroches, la France, mère de toutes les révolutions, a gardé un faible pour ses rois. Les communards pouvaient bien raser les Tuileries, c'est à Versailles, chez le citoyen Capet, que la République de M. Thiers préparait sa revanche...

Qu'un siècle plus tard, confiée à une gauche encore pressée de « rompre avec le capitalisme », jurant qu'il faut « couper des têtes », ladite République, quatre ministres communistes en sautoir, s'avise de recevoir les grands de ce monde dans les ors du Roi Soleil, aurait pu troubler quelque esprit chagrin attaché aux symboles.

Eh bien, non ! Le paradoxe, autant que Versailles, est inscrit au patrimoine national. Et François Mitterrand en usait en orfèvre.

Chargé de préparer la rencontre annuelle du gotha planétaire, de retour sur le sol français sept ans après que Valéry Giscard d'Estaing en eut établi l'usage, Jacques Attali, se voulant au goût du jour, avait proposé de « faire simple » et d'accueillir tout le monde à Latche. Une bonne façon de revenir à l'idée initiale de « causerie au coin du feu »... et de tenir la presse à distance.

François Mitterrand ne l'entendait pas de cette oreille. Puisque ce G7 était, d'année en année, devenu un grand show médiatique, la France socialiste aller montrer que, dans ce domaine non plus, elle ne craignait personne. Rien ne devait être trop grand : Versailles leur serait donc conté...

De fait, ce 6 juin 1982, la grande terrasse qui prolonge la galerie des Glaces affiche complet : une foule en tenue de soirée, nez en l'air dans la nuit estivale, ponctue de cris admiratifs les gerbes et bouquets du feu d'artifice tiré des berges du Grand Canal, au milieu des jardins de Le Nôtre. A mes côtés, un homme chuchote : « Croyez-vous que les Palestiniens apprécient de la même manière ce qui leur tombe du ciel en ce moment ? »

A l'heure même où les Grands ferment en grandes pompes leur septième sommet, l'aviation et l'artillerie israéliennes pilonnent le Liban. Demain, ils seront aux portes de Beyrouth ! Illusoire prétention de ce G7 à croire que c'est ainsi, une fois l'an, entre un petit déjeuner et une soirée de gala, qu'on régente la planète.

Ce soir pourtant, François Mitterrand n'est pas mécontent. Il a, chez lui, lavé l'humiliation subie l'année précédente quand, fraîchement élu, il avait fait son entrée au « club », à Ottawa. Je le revois encore, sur le départ, attifé d'un ciré vert froissé, une liasse de papiers sous le bras, jurer ses grands dieux que les Américains allaient comprendre que les choses avaient changé. Au retour, il avait compris qu'il avait surtout... beaucoup à apprendre.

Sermonner l'Amérique sur ses taux d'intérêt et le cours du dollar, qui pénalisent la croissance en Europe, a sur elle l'effet d'une piqûre de moustique. Reagan avait courtoisement déploré les fâcheuses retombées, tapé sur l'épaule de son « cher François » et prédit que tout ça s'arrangerait en moins de six mois. Inutile de dire que l'appel du « cher François » à une nouvelle solidarité Nord-Sud n'avait ensuite suscité qu'un silence poli. Le président était rentré à Paris furieux et offensé, bien décidé à prendre sa revanche.

Attali pouvait remiser vite fait dans ses cartons cette idée de sommet champêtre. La France tiendrait son rang. A Versailles, le Vieux Monde prouverait au Nouveau, un brin arrogant, qu'il avait de beaux restes… Pendant des mois, on avait donc nettoyé, astiqué de fond en comble la demeure du Grand Roi. Les trois mille journalistes, dépêchés du monde entier pour suivre la « causerie », seraient installés à l'Orangerie où, histoire de montrer que la vieille pierre s'accommode du microprocesseur, ils trouveraient, pour travailler et transmettre, tout ce que la France sait faire en technologie de pointe. Luxe un peu superflu : à l'époque, les reporters les mieux équipés tapaient seulement à la machine et les confrères français en étaient encore à griffonner sur des carnets avant de dicter à des sténos…

Mais François Mitterrand tenait à inscrire les révolutions technologiques sur un ordre du jour qui, pour le reste, ne faisait que reprendre le sempiternel menu des sommets précédents : Reagan voulait discuter des relations Est-Ouest, les Japonais souhaitaient surtout éviter de parler protectionnisme, les Allemands étaient, eux, bien décidés à en causer, et Mme Thatcher, de son côté, veillerait essentiellement à ce que rien ne fût dit de « sa » guerre aux Malouines.

La plupart des chefs d'État ou de gouvernement étaient arrivés en France avec épouses et délégations, quelques jours avant l'ouverture du sommet, pour profiter des beaux jours de Paris et mener des discussions bilatérales. Ainsi François Mitterrand et Ronald Reagan déjeunèrent-ils à l'Élysée, le jeudi 3 juin, veille de l'ouverture officielle. François me racontera plus tard comment Reagan cherchait réponse aux diverses questions en tirant de la poche de son gilet des petites cartes de visite, antisèches étiquetées, selon les cas, « Moyen-Orient », « Nord/Sud », « taux d'intérêt », etc.

François Mitterrand apprit rapidement à laisser Reagan faire ce qu'il faisait le mieux : raconter des histoires plus ou moins drôles... Pourtant, il se gardait de trop le mépriser : il a, disait-il, plus de bon sens que nombre des grosses têtes qui l'entourent et connaît bien les Américains qui l'ont élu. De là à diriger la première puissance d'un monde si fragile...

A l'Élysée, on ne manquait ni de bons mots ni d'anecdotes croustillantes sur le président américain. Jacques Attali, le premier, rapportait à qui voulait l'entendre une confidence que lui aurait faite Richard Allen, l'un des principaux conseillers de Reagan : « Je ne peux plus le supporter, aurait dit Allen, il lit les discours que je lui écris sans en changer un mot. La semaine prochaine, il doit parler devant le Congrès. Je sais ce que je vais écrire pour lui : “Mesdames et Messieurs, la situation est grave. J’ai passé les dernières fêtes à Camp David pour réfléchir. Personne n’y a encore pensé mais, maintenant, je peux vous le dire : j’ai trouvé la réponse aux graves problèmes de notre terre. Tout sera résolu pour les siècles à venir quand je vous aurai révélé mon plan…” Et là, dit Allen en éclatant de rire, Reagan tourne la page et lit : “Maintenant, mon vieux, débrouille-toi tout seul !” »

*

Le lendemain de cette rencontre avec Reagan, François m’appelle dans la matinée et s’invite à déjeuner. Je m’étonne et lui rappelle qu’il a, ce jour-là, une « causerie » à Versailles.

« Rien à craindre, me répond-il, ça ne commence que l’après-midi et j’irai en hélicoptère… »

J’ai juste le temps de préparer un ris de veau à la crème et au calvados qui embaume bientôt le deux-pièces-cuisine qui me sert de nid, rue Saint-Louis-en-l’Ile. Face au célèbre glacier Berthillon, où hiver comme été on fait la queue sur le trottoir, l’adresse n’est pas des plus discrètes, mais le quartier passe pour chic, même si, côté cour, l’escalier de bois menace ruine.

L’île, surtout en bords de Seine, est des plus huppées. De Claude Pompidou à Helena Rubinstein, de Michèle Morgan à la famille Rothschild, tout un gratin y a depuis fort longtemps élu domicile. Quand les Rothschild reçoivent, ils paient pour faire libérer les places de parking et leurs roturiers de voisins sont gentiment priés d'aller se garer ailleurs. Que ce genre de privilèges m'indispose faisait rire François qui préférait de beaucoup évoquer d'autres familiers du cru, tel Baudelaire qui, disait-il, y avait loué un hôtel particulier pour installer son club de fumeurs d'opium…

A l'heure dite, je vois mon invité traverser la cour de l'immeuble et l'entends monter deux à deux les marches du vieil escalier. Je lui ouvre rapidement, malgré l'éternelle indélicatesse de mon verrou, et nous passons aussitôt à table.

Quelques jours plus tard, il me montrera un article du *Herald Tribune* dans lequel un journaliste décrit le déjeuner que Danielle Mitterrand donnait, ce même midi, en l'honneur des épouses des chefs d'État et de gouvernement. Et mon excellente consœur, essayant de deviner ce que pouvait bien faire le président au même instant, de l'imaginer en train de chiper du salami dans les cuisines du palais…

« Tu vois, me dit François, sarcastique, tu vois ce qui vous intéresse, vous autres journalistes… »

Dix ans plus tard, je lui montrerai que ses propres conseillers ne sont pas moins légers. Dans *Verbatim*, Attali situe ce vendredi 4 juin le déjeuner avec Reagan à l'Élysée. A l'heure où, tranquillement installés dans mon deux-pièces, nous discutons de Baudelaire… et du sommet qui va commencer, peu après le dessert !

« Je vais être encore complètement isolé », murmure François.

Il sait bien que ses partenaires ne suivront pas ses

propositions de lutte contre le chômage, que leur refus ne sera pas sans conséquences sur ses propres marges de manœuvre, en France. Bref ! qu'il lui faudra bientôt prêcher une austérité à laquelle tout le monde applaudira... sauf ses électeurs.

*

Dès l'amorce du sommet, Ronald Reagan, conscient que l'ambiance d'Ottawa a laissé quelques traces, se dit ouvert aux préoccupations des Européens. Mais sur la question centrale des taux d'intérêt, il reste sourd. Prêt à de timides concessions en matière économique et dans les négociations avec le tiers monde, il voudrait en échange obtenir un durcissement des Occidentaux dans leurs relations financières et commerciales avec les Soviétiques.

Mais ni François Mitterrand ni Helmut Schmidt ne tiennent à isoler le bloc de l'Est. Le premier préconise au contraire, dès l'ouverture, une sorte de *new deal* technologique, clef de l'avenir dont la réussite suppose une grande solidarité internationale, rompant avec la concurrence sauvage et le protectionnisme. L'Occident, plaide-t-il devant un auditoire distrait, doit montrer au tiers monde, aujourd'hui tiraillé entre l'Est et l'Ouest, que son mode de développement est bien le meilleur.

Le lendemain matin, je suis, depuis la salle de presse, la retransmission télévisée de l'ouverture de la seconde séance du sommet. François Mitterrand n'est pas encore arrivé. Reagan attend, piochant avec gourmandise dans l'un ou l'autre de ses deux sachets de sucreries, puis mêlant les deux paquets avec une visible satisfaction. Margaret Thatcher crêpe du bout des doigts sa chevelure en meule, tire et lisse ses boucles d'un blond décoloré. Helmut Schmidt ne lui accorde pas un regard, tout occupé à priser son tabac. L'Italien Spadolini a plutôt l'air d'un figurant, tandis que le Canadien Trudeau et le Japonais Suzuki semblent encore souffrir des effets du *jet-lag*.

Dans le courant de la journée, tout ce beau monde s'accordera sur un minimum de concertation des politiques monétaires pour contenir les excès spéculatifs sur les marchés. François Mitterrand présentera son programme sur les nouvelles technologies en termes suffisamment vagues pour éviter de froisser personne. Beau travail : place au foie gras, au pâté d'alouette et au homard arrosés de château-yquem.

En clôture, le dimanche, les Sept affichent une sereine satisfaction. Les relations commerciales avec l'Est seront, selon le vœu des États-Unis, ralenties ; on resserrera les liens en matière monétaire ; la technologie, objet d'une mise de fonds commune, ouvrira une nouvelle ère dans les relations entre riches et pauvres...

Les « sherpas » peuvent boucler leur attaché-case. Mission accomplie, à l'année prochaine, avec les mêmes questions, les mêmes résolutions, à quelques variantes près. Les journalistes auront, eux, cherché avec plus ou moins de bonheur à mettre un peu de chair sur ces vieux os qu'on leur donne à ronger, trois ou quatre jours d'affilée. Au rayon des sujets « couleur », censés égayer l'ordinaire des comptes rendus diplomatiques, les services de sécurité américains étaient toujours en vogue. Plus encore cette année-là où Alexander Haig, le très digne secrétaire d'État, était entouré d'une véritable foule d'agents. A la réputation singulièrement surfaite, j'ai pu le constater moi-même.

Personnellement invitée par le président à participer au dîner de clôture offert au château, je savais que je n'aurais jamais le temps de rentrer à Paris me changer. J'avais donc glissé, dès le matin, dans un grand sac en plastique, robe longue, souliers, pochette du soir et autres arguments de parure. C'était bien dans les habitudes de François de m'inviter ainsi sans se préoccuper le moins du monde des petits problèmes que cela pouvait susciter. Mais cela importait peu, au regard de la sollicitude, des petits gestes qu'il avait constamment pour moi.

A la fin de l'après-midi, débarrassée de mon article, je vais donc chercher le sac dans ma voiture et me dirige vers les toilettes du centre de presse, à l'Orangerie. En chemin, je suis hélée par Régis Debray qui me demande où je vais. « Ne soyez pas ridicule, me dit-il, utilisez ma chambre à l'hôtel. » Je lui explique que je n'ai pas le laissez-passer VIP nécessaire, serait-ce pour approcher dudit hôtel, où loge également Alexander Haig. « On verra bien », lance-t-il. Nous montons dans sa voiture et passons, sans le moindre problème, contrôle après contrôle. Il y a au moins vingt agents de la sécurité américaine devant l'hôtel. Je tiens devant moi mon grand sac en plastique et marche droit à côté d'un homme qui, vu ses accointances passées avec le Che, doit encore faire figure d'épouvantail du côté de la *security*. Pourtant personne ne dit mot, personne ne me demande d'ouvrir mon sac, même en passant devant la chambre de Haig…

Pour corser l'anecdote, il se trouve que, sortant à peine de la douche dans ma chambre d'emprunt, je tombe nez à nez avec un monsieur pour le moins stupéfait. Le temps de se présenter, on comprendra l'un et l'autre que Debray, m'ayant « octroyé » une chambre occupée par deux fonctionnaires du Quai d'Orsay, n'en avait prévenu qu'un…

*

Ces sommets devaient devenir, au fil des années, de plus en plus formels et inutiles. L'un des meilleurs millésimes fut sans doute Venise, cinq ans après Versailles. Là, François Mitterrand, Helmut Kohl et Yasuhiro Nakasone passèrent le plus clair de leur temps à se promener le long des canaux et à se rafraîchir au café Florian, sur la place Saint-Marc. Pendant ce temps, Ronald Reagan restait enfermé au Cipriani, le plus luxueux des palaces vénitiens, transformé pour l'occasion en véritable citadelle.

La paranoïa sécuritaire des services de la Maison-Blanche était à son comble. Et comme, de leur côté, les journalistes américains avaient fait main basse sur tout ce que la ville compte de commodités, il y avait, à tout le moins, de la tension dans l'air.

Si les délégations se rendaient à San Giorgio, au large de la place Saint-Marc, en jouissant, depuis leur embarcation découverte, d'un point de vue incomparable sur la lagune, Reagan, lui, se terrait dans la cabine de son bateau blindé pendant que ses hommes-grenouilles barbotaient dans les flots. Quand tous les autres débarquaient sur le ponton et montaient jusqu'au vieux monastère au milieu d'une horde de journalistes et de photographes, le président américain était conduit à l'intérieur du bâtiment par un tunnel maritime. La sécurité américaine devait même exiger des Italiens la construction d'un chemin couvert entre le quai et le palais des Doges pour mettre son patron à l'abri des francs-tireurs.

Les journalistes américains, guère plus nombreux que leurs confrères, avaient, pour leurs seuls besoins, fait construire un luxueux centre de presse séparé avec ponton privé sur San Giorgio. Les autres n'avaient plus qu'à se serrer dans les locaux existants ou sur des bacs collectifs. Pour la plupart, les accrédités à la Maison-Blanche ne sortaient d'ailleurs pas de l'Excelsior, l'hôtel balnéaire du Lido, où venaient les « briefer » les porte-parole dépêchés de San Giorgio. Les grands networks avaient, de leur côté, fait construire une estrade au milieu de la place Saint-Marc, éclairée comme un studio d'Hollywood, écartant autochtones, badauds et touristes à l'heure des directs.

Washington voulait clairement imposer ses vues sur les sujets les plus divers : de la fermeture des frontières aux malades atteints du Sida à la sécurité dans le Golfe, où un bâtiment de l'US-Navy venait d'être bombardé par les Irakiens… Tant d'insistance finit par indisposer tout le monde. François Mitterrand le fit sentir à sa manière, jouant avec Reagan à d'enfantins bras de fer. Tout au long du sommet, il prit ainsi un malin plaisir à agacer le protocole américain.

Comme toujours lors de ces sommets, il était convenu que, à chaque rendez-vous, les cinq chefs de gouvernement devaient arriver les premiers, suivis par les deux chefs d'État, Mitterrand d'abord et Reagan en dernier. François s'évertua donc à être en retard. Un matin, après m'avoir invitée à prendre le petit déjeuner avec lui dans une villa qu'il avait louée sur la lagune, il fit faire un long détour à son embarcation avant d'accoster, non à San Giorgio comme prévu, mais sur le quai de la place Saint-Marc, où nous sommes allés boire une dernière tasse de chocolat. Au large, le bateau blindé de Ronald Reagan tournait en rond, attendant que le président français veuille bien passer… pour que le protocole fût respecté.

Une fois, au cours du sommet, le bateau français s'avisa de freiner, juste avant d'accoster au ponton de San Giorgio. Les Américains, derrière, ne purent réagir à temps, se voyant forcés d'accoster les premiers…

A quelques encablures, des centaines de journalistes décryptaient savamment enjeux et signes d'un sommet entre « Grands », détenteurs proclamés du sort de la planète…

Girolles

Une vraie nausée ! Et des douleurs à couper le souffle. Le ventre comme une pierre. A hurler…

Je ne comprends pas ce qui m'arrive. Je panique, sens venir l'évanouissement, l'inconscience… Je rampe presque jusqu'au téléphone, appelle SOS-Médecins, marmonne mon adresse, les supplie de faire vite, entrouvre ma porte. Et sombre dans un trou noir…

Le jeune médecin de nuit me fait une piqûre. Il me fait avaler des cachets, me parle d'une mauvaise grippe intestinale. Je suis encore dans les brumes, je ne l'entends qu'à moitié. Mais je lui parle tout de même des girolles…

Il réfléchit un instant. J'insiste. Il maugrée :

« Téléphonez donc aux amis qui en ont mangé avec vous… Vous verrez… Si c'est ça, ils ont dû aussi appeler un médecin… »

*

Mais oui, docteur, bien sûr, je vais téléphoner au président de la République, lui dire d'appeler le SAMU, très vite. Lui expliquer que je l'ai empoisonné…

Je n'ai rien dit. Le toubib est parti. Je tremble de partout. Où est-il ? Comment est-il ? A-t-il seulement eu la force d'appeler du secours ? J'y ai à peine goûté, à ces girolles. C'est lui qui a tout mangé, comme d'habitude…

A quatre heures, dans le noir, j'écoute le bulletin d'informations. Sûre qu'on va dire que le président a été transporté d'urgence à l'hôpital. Non, rien… Sans doute ne le savent-ils pas encore…

*

Mais pourquoi aime-t-il donc tant les girolles ? J'aurais pu lui donner du saumon mariné, du hareng à la moutarde, des petits réglisses, tout ce qu'il voulait que je lui rapporte de Suède, à chaque voyage. Mais non, il a fallu que je sorte mes girolles…

J'ai pourtant fait attention.

J'ai sorti plusieurs bocaux. Des conserves de l'été dernier. Le joint de caoutchouc du premier tenait mal. J'ai fait cuire et j'ai goûté. Mais, finalement, j'en ai ouvert un autre. Par précaution…

On a trinqué à l'aquavit, dès qu'il est arrivé, et on s'est mis à table. Il les a toutes mangées, ces girolles…

On a parlé d'architecture et d'urbanisme, comme souvent. Une passion commune, et toujours la même dispute. Moi et ma mauvaise conscience : a-t-on le droit de dépenser des centaines de millions dans des monuments de prestige quand les SDF font la manche à tous les coins de rues ? Lui et son discours balancé : on n'oppose pas l'œuvre des bâtisseurs au progrès social car la grandeur d'un peuple se mesure à son architecture…

Combien de fois s'est-on resservi les mêmes arguments, de déjeuner en dîner ? C'était le plus souvent dans la petite bibliothèque de l'Élysée, que Giscard d'Estaing avait aménagée en style Louis XV, moquette épaisse à grands motifs, canapé et fauteuils recouverts de soie vert foncé. Lui piquant dans mon assiette parce que la cuisine de la maison respectait son régime, et moi défendant les serveurs qu'il rudoyait à la moindre maladresse.

C'était parfois chez moi, à l'île Saint-Louis. Comme ce soir, en mangeant des girolles…

« … A l'architecture qu'on mesure la grandeur d'un peuple…

– C'est pour cela que tu as confié tes grands chantiers à des étrangers ? », lui ai-je lancé, pour le taquiner.

Il n'a pas tiqué, juste avalé une girolle… Et m'a expliqué sa préférence pour le verre. Il a parlé de pureté, de fusion du dehors et du dedans, du désir d'oublier les styles surchargés qu'il associait à sa jeunesse.

Cela aurait pu continuer des heures. Mais les hommes de sa sécurité piétinaient dans la rue. Et il y avait Conseil des ministres le lendemain matin.

*

Je n'ai pas dormi de la nuit. Et attendu le compte rendu du Conseil pour être enfin complètement rassurée. Il a beaucoup ri quand je lui ai dit que j'avais failli l'assassiner. Nous n'avons plus mangé de girolles…

*

Évidemment, l'atmosphère des dîners officiels est bien éloignée de l'intimité de nos dîners en tête à tête. La table d'honneur est servie en premier. Ce qui veut dire que les autres tables ont toujours un peu de retard. Et au moment où l'on apporte la glace, le président, qui a fini, se lève pour commencer son discours de remerciement. Combien de glaces et de sorbets fabuleux, exquis, composés avec raffinement, n'ai-je pas vu fondre devant mes yeux pendant qu'un François Mitterrand inspiré se perdait dans ses souvenirs de jeunesse pour remercier un ami de longue date parmi les chefs de gouvernement de ce monde !

Je me souviens qu'au cours d'un voyage en Amérique du Sud, Jean Daniel, le directeur du *Nouvel Observateur*, est à la même table que moi, ainsi qu'Erik Orsenna, conseiller culturel. Jean Daniel s'ennuie ferme entre deux dames imposantes, couvertes de bijoux.

Il finit par en avoir assez et décide de partir avant la fin du dîner. Il se dresse et s'incline pour déposer un baiser sur la main d'une de ces dames. Au même moment, à la table d'honneur, François Mitterrand se lève pour commencer son discours de remerciement. Jean Daniel sursaute : impossible de s'enfuir sans se faire remarquer. Nous regardons Jean Daniel debout, tenant toujours la main de la dame dans la sienne, et nous savons qu'il est obligé de reprendre sa place. Nous partons alors d'un fou rire irrésistible. Incroyable mais vrai, Jean Daniel se laisse emporter par notre rire, retourne à sa place, courbé en deux sur son assiette.

Personne n'avait jamais vu rire Jean Daniel, et les membres de ce voyage parleront longtemps encore du dîner où Jean Daniel a ri. Mais les dames de notre table n'apprécient pas cette irrépressible fou rire. Le président doit même interrompre son discours pour demander ce qu'il y a de si drôle. Comme nous sommes littéralement sous la table, il est impossible de tirer de nous un seul propos cohérent. Lorsque, plus tard, il m'a demandé ce qui s'était passé, j'ai lâchement accusé mon entourage. Mais j'ai aussi profité de l'occasion pour lui rappeler ce qui s'était passé à Abidjan.

Quelques années plus tôt, nous venions de débarquer en Côte-d'Ivoire, l'une des étapes d'un long voyage en Afrique. La route qui mène de l'aéroport à la ville est bordée d'une foule acclamant les visiteurs français. Les femmes sont enveloppées de boubous aux portraits des deux couples présidentiels, imprimés sur fond de fleurs rouges. Les hommes portent des T-shirts avec les portraits de François Mitterrand et du président Houphouët-Boigny.

Les membres du service de sécurité et les journalistes évaluent ce comité d'accueil à environ un million de personnes. La Française qui partage avec moi une voiture dans le cortège officiel m'explique comment saluer le peuple sans se fatiguer le poignet. « Faites comme la reine Élisabeth, me dit-elle. Ne saluez pas de haut en bas. Faites pivoter votre main de droite à gauche. »

Après l'accueil officiel, on a prévu un déjeuner soi-disant privé, où le président invite certains membres de la délégation et ceux qui, comme moi, font partie du voyage à titre privé. Je suis à gauche de François Mitterrand, Danielle Mitterrand est en face de lui. Autour de nous, ministres et conseillers. En bout de table, Georges Beauchamp, ami de longue date et conseiller de François Mitterrand. Nous parlons de l'accueil fantastique tout au long de la route. « Vous savez, dit Beauchamp, un petit homme sec aux cheveux gris et aux yeux pétillants, j'ai essayé de comprendre ce que criaient les gens. Je ne suis pas sûr, mais c'était soit "François Mitterrand maintenant, Valéry Giscard d'Estaing d'antan", ou bien "Giscard d'Estaing auparavant, François Mitterrand maintenant".

– Ah non, arrêtez, dit François Mitterrand en éclatant de rire.

– Si, je le jure », poursuit Beauchamp avec un grand sérieux, et il continue à broder sur ce thème. Autour de la table, on rit de plus en plus, et le rire se transforme en fou rire, irrépressible et sans retour. A côté de moi, François se penche sur son assiette, secoué de rire. Il devient écarlate et mord sa serviette pour l'arrêter. Ses larmes coulent. A le voir, mon fou rire repart de plus belle.

Il a fallu un long moment avant que les vingt personnes du déjeuner, le nez penché sur l'entrée, le mascara coulant, les cravates utilisées pour se tamponner les yeux, parviennent à reprendre leurs esprits.

Terrorisés, les membres du personnel se sont réfugiés dans un coin pour contempler ce spectacle étrange. Leur image d'un chef d'État français en restera ébranlée à jamais.

6

Les années de rêve

Au début des années quatre-vingt, qui possédait un bout de terre, une masure ou une demi-ruine au milieu des dunes, entre Soustons et Hossegor, se mit à voir la vie en rose : l'immobilier du cru connut une embellie qui, vue de près, devait moins aux charmes des rivages atlantiques ou de la forêt landaise qu'aux jeux futiles et policés de la courtisanerie.

Nombreux furent alors les bons amis de la politique et des médias qui, victimes d'un brutal engouement pour la contrée, s'empressèrent de trouver gîte à deux pas de Latche, à portée immédiate d'une invitation à déjeuner.

Une de mes meilleures amies, sans appartenir à ce petit monde, s'était déjà mise en quête avec son mari d'une résidence principale dans la région. Mais ils étaient exigeants, cherchaient une authentique ferme landaise, isolée, avec suffisamment de terres alentour pour gambader, galoper et ramasser des champignons.

Lorsque, par hasard, j'en fis part à François Mitterrand, il proposa spontanément de les aider. Mais les maisons visitées avec lui étaient, selon les jours, trop proches de l'autoroute, trop en ruine, ou au contraire trop ostensiblement privées de rusticité.

Mes amis finirent par trouver eux-mêmes leur bonheur. François, piqué au vif, voulut voir sans tarder cette demeure qui semblait tellement mieux convenir que toutes celles qu'il avait proposées. Durant l'un de mes week-ends dans les Landes, il me demanda de le rejoindre à la base de Mont-de-Marsan, où il devait se rendre en hélicoptère depuis Latche. Il tenait à visiter la maison, située dans les environs de Dax.

L'heure venue de partir à sa rencontre, la voiture de mes amis tomba en panne. Il ne restait qu'un vieux minibus Volkswagen, sièges avant défoncés et banquette déglinguée à l'arrière. Je n'avais jamais conduit cet engin au volant gigantesque. Les vitesses broutaient et l'essuie-glaces avait rendu l'âme lorsque je me suis arrêtée, sous une pluie torrentielle, devant le poste de garde de la base aérienne.

« Je suis une amie du président et c'est ici qu'il m'a demandé de venir le chercher quand il arrivera de Latche », hurlai-je, en essayant de couvrir le vrombissement du moteur qu'il n'était pas question d'arrêter, de crainte de ne pouvoir redémarrer.

Blonde aux yeux bleus, je n'avais pas le profil idéal d'une clandestine de l'ETA, mais je pouvais avoir de faux airs d'Ulrike Meinhof, en tout cas un look à vous retrouver illico classé dans la catégorie « suspects » par ce genre de garde qui, devoir oblige, fait de la méfiance une profession de foi. De fait, derrière le guichet, l'homme m'éconduit avec fermeté. En désespoir de cause, j'essayai le vieux classique : « Et que pensez-vous que le président va dire quand il arrivera ? », ce qui le poussa tout de même à vérifier mes dires. Jetant un regard dégoûté sur mes jeans, mes bottes et ma vieille veste de chasse élimée, il me laissa enfin entrer en pétaradant.

François n'avait pas l'air mécontent de s'installer sur le siège avant, à côté de moi. Il était tiré à quatre épingles, tenue de rigueur pour une inauguration officielle prévue plus tard dans la journée. Ni lui ni moi n'osions regarder les gardes du corps qui, menton dans les genoux, glissaient et cahotaient sur la banquette arrière.

Quelques incidents mineurs de boîte de vitesses ne nous empêchèrent pas d'arriver à bon port. Certes, le président aurait mieux fait de mettre des bottes, car l'herbe détrempée atteignait presque un mètre devant la ferme, le chien, couvert de boue, était un peu trop accueillant, tout comme l'enfant de 4 ans qui, la morve au nez, entourait de ses bras les genoux de l'invité.

En prenant le thé, pendant que les gardes du corps attendent sous le toit croulant d'une grange, François, toujours curieux, demande à mon amie comment elle envisage de vivre ainsi, isolée, à la campagne. Elle répond qu'elle y a du travail et que la nature est fantastique.

Nous discutons bientôt de ce que devrait être sa France socialiste. Que pense-t-il faire contre le chômage, l'inflation ? Comment les gens vont-ils vivre ces années quatre-vingt ?

Il étend ses pieds mouillés vers le feu qui crépite, regarde le chat qui le fixe depuis le rebord de la fenêtre et prend avec plaisir un autre morceau de gâteau maison. Il parle comme on rêve : « Je veux que notre société s'inspire de ce qu'il y a de mieux dans le monde paysan : un lien plus étroit entre les gens, des familles qui se connaissent et se parlent, un monde où l'on prend le temps de vivre, le temps de penser à l'avenir tout en restant fidèle au passé. »

Assis là devant moi, il a plutôt triste mine, avec ses chaussures trempées, le bas du pantalon plein de boue. Mais à cet instant, tout empreints de cette chaleur rustique qu'il évoque lui-même, intéressés surtout par les chambranles qui pourrissent, la cheminée qui tire mal et les meilleures astuces en matière de vide sanitaire, nous n'y prêtons guère attention.

Le lundi, nous étions de retour à Paris. Lui, pour tenter de réaliser les cent dix points de son programme. Moi, pour essayer de raconter à des Suédois dubitatifs les beaux jours de la France socialiste.

François Mitterrand avait conquis un parti pour arriver au pouvoir. Il s'était peu à peu approprié les idées de son parti. Même les plus radicales, dût-il les juger peu raisonnables ou peu conformes à sa personnalité. Ça passait ou ça cassait.

Moi-même, j'éprouvais quelques difficultés à expliquer aux lecteurs et téléspectateurs suédois qu'un homme juge possible de mener à bien, dans le désordre : l'augmentation du SMIC, la suppression de la TVA sur les denrées de première nécessité, l'imposition des grandes fortunes, la réforme de la politique agricole européenne, l'arrêt de la spéculation foncière, le passage aux 35 heures, le renforcement des syndicats, l'expansion économique pour assurer l'emploi, le soutien aux divorcés et aux veuves, la réglementation du prix du livre et la diversification des énergies... Le tout d'un seul tenant et sans attendre ! Toujours selon les mêmes propositions, le mandat présidentiel devait être réduit à cinq ans avec possibilité de réélection, ou maintenu à sept ans, sans renouvellement possible. A l'évidence, le temps pressait.

A-t-il jamais vraiment cru pouvoir mener à bien tous ces projets, mélange de convictions et de poudre de perlimpinpin électorale ? Le voulait-il vraiment ?

Certes, le 11 mai, il ne pouvait appliquer d'autre politique que celle qui lui avait permis de gagner le 10 ! Qu'importe ses rêves éveillés, pieds au chaud à l'heure du thé, au fin fond de la campagne dacquoise...

J'entendais bien souvent les ministres socialistes échafauder d'ambitieuses stratégies dans les antichambres de l'Élysée ou, pendant les voyages officiels, discourir tard la nuit dans les bars des hôtels de luxe. Ils me faisaient penser à Tom Lehrer, le chanteur américain, à sa chanson célèbre sur la guerre d'Espagne : « *Eux, ont gagné toutes les batailles – mais nous, avons gardé toutes les bonnes chansons.* »

De grandes visions, mais que d'échecs dans l'application ! De belles conquêtes en paroles, mais pour quels résultats ? C'est ce que je ressentais souvent à cette époque, quand je devais envoyer en Suède mes papiers sur l'actualité française.

François Mitterrand savait qu'il serait, tôt ou tard, confronté au réel. Je l'avais entendu, depuis longtemps, dresser un tableau si noir de l'avenir que son zèle réformiste m'étonnait.

« Mais ne risque-t-on pas un retour de balancier ? Tout cela ne sera-t-il pas jugé trop provocateur ? », m'inquiétais-je, moi, pur produit d'une société où l'on ne réforme pas sans consensus.

Chaque fois, il me répondait : « Il faut faire vite... Après, il sera trop tard... »

Parfois, le mercredi, il me téléphonait après le Conseil des ministres pour que nous déjeunions ensemble dans la bibliothèque de l'Élysée. Au début, les Conseils étaient de vrais Conseils : on y discutait en prenant tout le temps nécessaire. Si bien que, lorsque j'arrivais pour déjeuner, les ministres sortaient à peine. La cour de l'Élysée était bondée de journalistes et de caméras, et je laissais traîner mes oreilles.

Le respect déférent qui marquait chaque question, le crédit accordé à la moindre réponse, étaient bien éloignés du ton, plutôt rude, qui était d'usage depuis belle lurette entre politiques et journalistes dans mon pays.

Quand je devais ensuite, en déjeunant, raconter ce que j'avais entendu sur le perron, je savais ce qui m'attendait : une de ses litanies sur l'incompétence des ministres, le virage à droite des journalistes, la détermination des conservateurs à briser l'expérience française... et sur ma propre attitude, déloyale pour ne pas dire malveillante.

Dans le fond, je n'ai jamais cru au Mitterrand socialiste pur et dur. Cet homme avait reçu une solide éducation catholique et bu au sein maternel plus de bon sens paysan que de lutte des classes pour pouvoir s'enticher complètement d'une pensée sectaire.

Sa vision socialiste, telle qu'il la dépeignait près de Dax, dans la cuisine de mon amie, était autrement plus vivante, plus vivifiante, que le modèle qu'il décrivait ailleurs, en public, comme une leçon trop bien apprise.

Pendant toutes ces années où nous nous sommes fréquentés, j'ai cru déceler chez lui un même mode de fonctionnement : s'il avait adopté une opinion contraire à ses convictions profondes, il restait prêt à la défendre, envers et contre tous. Il préférait moucher les gens que croiser le fer.

Pourtant, il acceptait la contestation.

Mouchée, je l'ai souvent été, mais François Mitterrand avait aussi besoin de faire le point, de renforcer son propre point de vue. Non par des discussions interminables, mais par des questions courtes, des touches rapides. Et il pouvait piquer de vraies colères contre qui condamnait sans arguments.

Une contestation bien étayée, il avait au contraire plaisir à la mettre en pièces. Pour faire parler François Mitterrand, il fallait, soit lui tirer méthodiquement les vers du nez, soit le provoquer. Chose possible en tête à tête, mais jamais devant un micro ou une caméra.

Il y avait chez lui une méfiance bien ancrée à l'égard des journalistes, et j'ai passé de nombreuses heures à en discuter avec lui. Il n'était pas facile de lui faire comprendre qu'il valait mieux garder des relations à peu près courtoises avec les mass media, mais, petit à petit, il apprenait. Les dernières années, il réussissait même à donner de longues interviews, à livrer de prétendues « révélations » à des journalistes dont il méprisait profondément les talents de girouette.

Je lui ai souvent expliqué qu'il ne pouvait refuser d'assumer l'image que les médias donnaient de lui. Un journaliste est toujours partagé entre deux attitudes : avoir des « histoires » préficelées, faciles à raconter, ou s'aventurer dans l'approche de personnages plus complexes, mais plus intéressants.

Michel Rocard était un bon socialiste pour la presse. Il disait ce qu'il pensait, pensait ce qu'il avait toujours pensé. Une vie sans cahots ni mystères, un homme qui lisait les mêmes livres que les journalistes, entretenait les meilleures relations avec les leaders sociaux-démocrates européens, le prototype du technocrate moderne.

Écrire sur François Mitterrand était autrement plus compliqué. Il était hautain envers les journalistes, et nombre de ses fréquentations entretenaient le doute sur ses convictions profondes. Il se plongeait dans Lamartine et Chateaubriand quand tant d'autres feuilletaient Derrida et Modiano.

Longtemps, François Mitterrand devait concentrer sa colère sur les représentants des médias qu'il tenait pour responsables, sciemment ou par incompétence, du ratage de bien des initiatives et réformes socialistes. Pour ne pas parler de ces scandales qui, jugeait-il, ne méritaient même pas la page des faits divers.

Le matin, il me téléphonait après avoir entendu les

piques malveillantes des chroniqueurs de radio. Il avait longtemps préféré Europe 1. Mais, peu à peu, il s'était mis à écouter France Inter et France Info.

Il n'avait aucune indulgence pour ce qui me paraissait être simple négligence, formule trop lapidaire ou seulement brin de vérité, dans les critiques des médias.

Il avait le pouvoir et le temps d'en user. Pourtant, dès le début, il se sentait en terre ennemie. Il y avait bien sûr des journalistes à sa botte – hélas ! trop souvent des femmes – qui savaient poser des questions convenues et prenaient ce qu'il voulait bien leur donner. Mais, d'une façon générale, sa relation aux médias était négativement passionnelle.

Il y avait peu d'exceptions à la règle. Albert du Roy était celui qu'il estimait le plus, pour son professionnalisme et son indépendance. Jacques Amalric ? A l'entendre, capable et compétent, mais ses sympathies pour la droite le conduisent à des analyses erronées ! Edwy Plenel ? « Un scélérat. » Serge July et Franz-Olivier Giesbert ? Extrêmement doués, mais leur ego tient vraiment trop de place. Catherine Nay ? Elle marche au cynisme. Il avait accueilli avec mépris *Le Noir et le Rouge*, la biographie à succès qu'elle lui avait consacrée. Alain Duhamel ? « Oh, gentil… »

Mais que devaient-ils donc faire, ces journalistes ? Quelle était donc cette secte dont ils devaient analyser, disséquer les croyances pour un public de plus en plus ahuri ?

Les socialistes français sont arrivés au pouvoir avec une foi forgée dans les années soixante-dix, qu'ils se sont efforcés de pratiquer une décennie plus tard. Ils sont arrivés au pouvoir avec une vision du monde bien française, vaniteuse et égocentrique. Ils voulaient effacer l'héritage gaulliste, mais ils devaient aussi le confronter, et le dépasser.

Au nom de leur credo socialiste, bien entendu. Qui dit le monde en noir et blanc. Qui voit la justice triompher de l'injustice et les réformateurs anéantir la corruption.

A les voir, les entendre, on se sentait facilement luthérien pragmatique, fatigué.

Spectatrice privilégiée, en ces années d'ivresse réformatrice, d'excès politiques, de points de vue étroits, mais aussi d'enthousiasme, je pouvais constater l'injustice avec laquelle François Mitterrand était capable de traiter la voix de la raison dans ses propres rangs.

S'il avait entretenu de meilleurs rapports personnels avec ceux qui, bientôt, allaient devenir ses principaux critiques, il aurait sans doute révisé ses jugements plus tôt.

Mais il voyait en Michel Rocard un éternel Judas. Inapte, en outre, à sentir un climat ou saisir une situation. A propos de Delors, il murmurait avec dédain : « Il joue les pleureuses et menace de démissionner tous les deux jours… » Son opinion n'a jamais changé, pas même lorsque Delors a accumulé les succès à la tête de la Commission européenne. Et il a vu tous ses préjugés confirmés lorsque le même, à l'automne 1994, a fait traîner sa décision d'être ou non candidat à l'élection présidentielle : « Pendant qu'il se demande comment il va, toutes les chances de l'emporter s'envolent en fumée... »

François Mitterrand n'était pas un économiste. Il prônait certes la justice sociale, mais avait-il une idée claire, objective, de l'état réel du pays ?

« Celui-là, il a toujours eu la tête dans les nuages », me disait son frère, le général Jacques Mitterrand, au début du premier septennat. François, lui, m'expliquait, chaque fois que nous discutions économie, qu'il voulait un socialisme du troisième type. Loin du modèle communiste, de son étatisme bureaucratique et répressif, mais distinct aussi du modèle social-démocrate de l'Europe du Nord et de l'Ouest.

« Tu ne vas quand même pas prétendre que la Suède est vraiment socialiste..., m'assenait-il. Vous cherchez une juste répartition des revenus, mais vous n'avez jamais donné le coup de grâce au noyau du capitalisme, au cœur de son pouvoir : les grands moyens de production ! »

« Tu comprends », poursuivait-il lentement, pour que je puisse traduire et graver chaque mot dans ma mémoire, « ma spécificité, celle du socialisme français, c'est de vouloir associer le pluralisme démocratique à un contrôle plus collectif de l'économie. »

« Nous avons le plus grand respect pour la liberté, chèrement conquise au cours des âges, de la chrétienté naissante aux Lumières, en passant par la Renaissance, toutes ces révolutions de l'esprit... Mais en cette ère industrielle, la liberté ne peut être sauvegardée que par l'organisation. L'organisation économique, tu comprends, une méthode bien différente de l'organisation sociale des sociaux-démocrates suédois.

– Et pourquoi notre redistribution ne serait-elle pas aussi valable ?

– Les intérêts privés dominants ont une tendance naturelle au monopole. Le capitalisme est d'abord un phénomène local, devient national, puis multinational. C'est contre ces grands-là, les féodaux de notre temps, que nous voulons combattre.

« Vous, en Scandinavie, vous ne contrôlez pas aujourd'hui ce qui va se passer d'ici peu. Car, si on ne s'attaque pas au noyau dur du camp adverse, à son pouvoir économique, on risque de perdre les conquêtes des dernières décennies… »

Voilà ce que j'entendais, au gré de nos promenades parisiennes, entre la poire et le fromage dans la bibliothèque de l'Élysée, à Latche, ou encore lorsque nous parlions au téléphone alors que je passais l'été sur la côte suédoise.

Il brodait sur son rêve. Un rêve d'économie mixte, où le socialisme cohabiterait avec des intérêts privés juste assez entravés pour qu'ils ne reprennent plus les rênes du pays. Il tempêtait contre la bourgeoisie, défendait les droits des faibles, exaltait la décentralisation, pierre angulaire de cette France nouvelle.

Mais j'entendais aussi les Français, repus de zèle réformateur, manifester de plus en plus à l'égard des politiques un mépris déjà très répandu dans nos pays de l'Europe du Nord.

François Mitterrand refusait bien sûr de reconnaître

le moindre faux pas : « Tu sais très bien, je l'ai toujours dit : appuyer sur le champignon au départ, et freiner quand les indicateurs seront au rouge. »

Bien sûr, l'euphorie n'eut qu'un temps, celui des certitudes et des bravades. Et l'on dut vite admettre que les meilleures intentions, les volontés les plus farouches ne suffisaient pas à tordre le réel. François Mitterrand finit lui-même par jurer qu'« un chef d'État qui parvient à se donner cinq pour cent de marge de manœuvre peut s'estimer satisfait ». Son Premier ministre, Pierre Mauroy, ne pouvait entonner le même refrain. Quand, à l'été 1984, le conflit sur l'école éclata, son crédit était épuisé : il devait partir.

Mauroy avait pour lui le bon sens et l'ancrage populaire qui faisaient défaut à tant de leaders socialistes. François Mitterrand était tout étonné de l'entendre raconter ses vacances en caravane, avec des camarades du parti !

Mais il avait fait sa besogne ; le président le savait. Sans jamais se plaindre, Mauroy avait assumé les changements de cap, au gré des circonstances. Il avait dirigé trois gouvernements, incarné l'expansion, endossé trois dévaluations pour prêcher *in fine* la rigueur. Telle était la règle du jeu.

Seule consolation : de tous les Premiers ministres du double septennat, il restera celui auquel le président aura voué le plus grand respect.

Son successeur, le jeune Premier ministre que François Mitterrand disait « donner » à la France, fascinait le président. Mais son principal atout, ce statut certifié de mitterrandiste fidèle, allait se retourner contre lui à l'étranger. L'image de Fabius allait beaucoup souffrir du scandale du *Rainbow Warrior*, et se dégrader encore, plus tard, avec le drame du sang contaminé.

L'affaire Greenpeace, puis les interprétations données à son intervention dans le conflit tchadien, mirent François Mitterrand en fureur. Il me sembla pourtant envisager avec sérénité la défaite inéluctable aux élections législatives de 1986. Et la cohabitation qu'elle ouvrirait pour la première fois sous la Cinquième République.

Bien sûr, il était inquiet, mais, au fond, curieux. Il ne lâchait pas *La Cohabitation mode d'emploi*, ouvrage récent de Maurice Duverger. « C'est un excellent livre, disait-il, il donne des explications très utiles, très pratiques. » Son propre exemplaire était de fait gribouillé d'annotations. Cette première cohabitation avait été préparée jusqu'au moindre détail. La Constitution avait été épluchée, bien avant la parution du livre de Duverger et les couteaux avaient été dûment aiguisés. Suivre François Mitterrand à cette époque, c'était suivre un athlète à la veille des Jeux. Il se repliait sur lui-même, ses traits semblaient se durcir, et toute son énergie, toute son acuité intellectuelle se concentraient sur l'épreuve de force à venir. L'entourage n'était alors que très subsidiairement consulté.

Qui était donc ce Jacques Chirac, avec lequel François Mitterrand aurait à travailler jour après jour, dans un périlleux corps à corps ?

Fallait-il écouter les leitmotiv de l'entourage élyséen ? Rejeter, noircir, rabaisser l'adversaire ?

Le portrait qu'on en brossait n'avait rien à voir avec

le Jacques Chirac que j'avais rencontré. Un homme de grande taille, musclé, charmeur, spontané, rieur et plein d'humour. Un homme influençable aussi, et versatile. Mais une énergie et une puissance de travail hors du commun dans le petit monde politique français.

Selon François Mitterrand, il n'avait pas un profil de Premier ministre. Trop impulsif, trop imprévisible...

De Jacques Chirac, j'ai gardé cent images, celles que glane le journaliste au fil des voyages et des rencontres. Instantanés disparates d'un homme qui semble en perpétuel mouvement.

Nous voici côte à côte, en pleine nuit, au Bourget, à peine descendus d'un petit avion qui nous a fait faire le tour de France dans la journée. Il pose un baiser amical sur mon front et me dit : « Ne t'inquiète pas, ça fera une bonne interview, tu verras, une fois que tu auras désembrouillé mes idées. »

Un autre jour, en campagne électorale dans un trou perdu, il se rassasie en blaguant à un buffet de journalistes, répond à tous avec une patience infinie, s'esclaffe de vieilles plaisanteries qui ne font plus rire personne.

Chirac est toujours prêt à caresser la joue d'une vieille dame inquiète, à chatouiller une vache entre les cornes dans sa Corrèze natale.

Je l'ai vu chauffer des salles, susciter l'enthousiasme de dizaines de milliers de fans dans des ambiances de convention américaine. Et lire, seul, blotti dans un coin, un recueil de poèmes.

Je l'ai vu, aussi, un pas en retrait du président pendant les cérémonies officielles. Les dents serrées. C'était aux pires heures de la cohabitation, et le président lui rendait la vie dure.

Jacques Chirac et François Mitterrand avaient en commun l'amour de la terre et du peuple de France. Condamnés à gouverner ensemble, ils se connaissaient peu. Nommer Jacques Chirac avait simplement été, pour le président, l'unique solution réaliste.

Dans les premiers temps, l'un et l'autre posaient des jalons, et restaient dans l'expectative. François Mitterrand, d'abord plein de préjugés, découvrait un homme intelligent, rapide. Mais, au fond, Jacques Chirac lui semblait peu fiable. En fait, je n'ai jamais entendu le président manifester autre chose que du mépris pour son Premier ministre. Souvent, je le sentais plus qu'irrité au terme d'un entretien avec Chirac, mais son aversion tenait davantage de l'incompatibilité d'humeur que de faits précis.

Chirac, lui, décrivait un Mitterrand dur, froid et calculateur. Ils en étaient venus à se détester profondément. Il faudra attendre 1995, et la passation de pouvoirs à l'Élysée, pour voir les deux hommes, en apparence détendus, bavarder ensemble.

Mais, en 1986, ils étaient tous deux prêts à en découdre. François Mitterrand avait anticipé la défaite en plaçant des hommes sûrs aux postes stratégiques. Premier d'entre eux, Robert Badinter, nommé président du Conseil constitutionnel.

Pour maintenir à l'Élysée sa bonne trentaine de conseillers, le président avait pris soin de les faire nommer à quelques postes officiels, dont ils se mettaient aussitôt en disponibilité, tout en conservant leur salaire. Avant de partir, Laurent Fabius avait pris des dispositions, de crainte que les nouveaux venus ne s'avisent de couper les vivres au président.

L'Élysée était fin prêt pour un véritable siège, et l'on exhortait tout un chacun à nouer ou renouer les contacts, dans l'administration et le monde des affaires, pour faire remonter toute l'information nécessaire.

J'ai malgré tout retrouvé un François Mitterrand bien ébranlé, quand il eut fini de présider son premier Conseil des ministres sous Chirac. « Je me sentais si petit, en pleine terre ennemie, reconnut-il. Les ministres avaient une tête de plus que moi. Ils me haïssent tous… »

Jacques Chirac et les siens se souviennent d'un climat terriblement tendu, d'un président pâle et glacial. Édouard Balladur fut le premier à faire preuve de ce que François Mitterrand qualifiait d'humanité, et même d'amitié envers lui. D'où une gratitude qui contribuera, sept ans plus tard, aux rapports très respectueux entre le président et le Premier ministre de la seconde cohabitation.

Au printemps 1986, François Mitterrand allait vraiment très mal. Il était persuadé que ces hommes, avec lesquels il allait devoir travailler, feraient tout pour briser ce qu'il avait construit, tout pour le contrer, tout pour l'humilier.

Il se voulait impassible, mais, au fond, il avait besoin de soutien, besoin de se convaincre qu'il allait tenir, jusqu'au bout.

Mais garder ce masque, lutter contre un adversaire alors plus fort que lui, l'épuisait vraiment. C'est à cette époque que son visage s'est creusé, que son teint, ivoire aux beaux jours, est devenu cireux. Il avait à nouveau mal au dos, sa sciatique le faisait souffrir.

Je le revois, toujours penché sur son bureau, dossier après dossier, son énergie tout entière mobilisée pour modérer, arrêter tout ce qui pouvait l'être, surveiller, millimètre par millimètre.

Évidemment, il n'en allait pas seulement du bien de la France. C'était un combat entre hommes, comme il y en eut depuis la nuit des temps… Bientôt, le président parut de plus en plus stimulé par l'épreuve.

Au début, personne ne savait vraiment si la Constitution allait tenir bon. Le pouvoir présidentiel était l'axe essentiel de la Cinquième République depuis de Gaulle. Mais, prise à la lettre, la charte fondamentale ne distinguait guère, dans bien des domaines, les pouvoirs du gouvernement de ceux du président.

L'image que François Mitterrand forgea alors de lui-même et de son rôle, celle d'un garant des droits du peuple, s'est révélée gagnante. Observant sa cote remonter dans les sondages, il reprit goût à la vie, commença à se voir sous un autre jour : il n'était plus le leader socialiste devenu président, mais le père de la patrie, l'arbitre suprême.

« Mon rôle n'est pas de critiquer, il est de mettre le gouvernement et le peuple français en garde sur les conséquences des actes du gouvernement, chaque fois que j'estime atteints les droits des individus ou de l'un ou l'autre groupe social, et qu'est mise en danger l'unité nationale. »

Ce rôle d'arbitre était un bon filon mais, peu à peu, l'inquiétude allait pourtant renaître. François Mitterrand craignait que les Français ne le jugent trop lointain, trop au-dessus de la mêlée et de ses vacarmes. « Il faut que je revienne, il faut qu'on me sente proche », disait-il.

Deux hommes avaient alors gagné une très notable influence : Gérard Colé et Jacques Pilhan, hommes d'image, peu appréciés de la plupart des collaborateurs de l'Élysée. Ils allaient lui dessiner un profil si guindé que le tribun batailleur des années de conquête semblait avoir perdu tout lien avec le peuple qui l'avait porté.

Ils étaient loin les rêves d'une voie française vers le socialisme. J'entendais désormais des discours qui fleuraient bon la social-démocratie suédoise. Il faut « accepter de fixer, comme perspective essentielle pour les années à venir, la solidarité nationale autour d'une répartition équitable, entre les Français, de la production, résultat de leur travail et de leur soin ».

Lorsque, pour le taquiner, je lui demandais s'il avait enfin cédé aux sirènes scandinaves, il n'en riait guère : « Tu sais que je crois beaucoup au dialogue social. Je ne crois pas possible de réussir une reconquête industrielle sans un grand élan de l'ensemble des travailleurs. Et cet élan implique un dialogue constant, approfondi, et un partage équitable des responsabilités… et des bénéfices. »

Mais alors, quelle France voulait-il ? Avait-il rejeté le modèle de 1981 ? Il combattait les idées de son gouvernement, mais en avait-il de nouvelles, lui, à proposer aux électeurs, à l'heure de briguer un second mandat ?

D'évidence, non. Mais l'impopularité grandissante du gouvernement Chirac, à mesure qu'approchait l'élection présidentielle, travaillait pour lui, offrant le répit nécessaire avant qu'on ne s'enquiert vraiment de ce qu'il comptait faire des années quatre-vingt-dix.

7

La nuit africaine

Le décor tient plus du parc d'attractions que du palais impérial. Berengo a, par bonheur, oublié les fastes incongrus du couronnement de Sa Majesté Bokassa Ier, parti pleurer la triste destinée d'une dynastie mort-née dans un exil banlieusard.

Ce soir, dans la touffeur persistante de la nuit africaine, on fait presque la fête en famille. Des guirlandes de lanternes vénitiennes éclairent la cour intérieure. De longues tables, recouvertes de nappes blanches fraîchement repassées, sont alignées et déjà garnies de bouteilles de rouge, grands crus pour la table d'honneur, petit vin de pays pour les autres. L'assemblée, elle, a fait des frais de toilettes : smokings et robes longues des meilleures maisons, bijoux des grands soirs. Le Tout-Bangui est sur son trente-et-un pour accueillir François Mitterrand et sa suite, retour de Bujumbura, où vient de s'achever le dernier sommet franco-africain.

Comme chaque année, la « métropole » a réuni les rejetons de son ancien empire, façon d'entretenir la douce nostalgie d'une puissance évanouie en écoutant quémandes et doléances de ces jeunes États devenus partenaires, même si, bien souvent, on éprouve, de part et d'autre, quelque difficulté à couper le cordon ombilical.

François m'a fait compter parmi ses invités personnels, et je fais donc partie de la délégation officielle.

Un podium a été dressé au milieu des tables où un orchestre de tam-tam crée déjà l'ambiance quand le président français arrive en compagnie de son homologue centrafricain, le général Kolingba, et sa très gironde épouse. Tandis que les serveurs courent entre les tables, discours de bienvenue et remerciements se succèdent, selon un protocole bien huilé. Quand vient l'heure du café, François, qui n'en boit jamais, prend un peu ses aises, se penche en arrière, visiblement pressé de mettre un terme à une journée harassante. Mais l'orchestre juge le moment opportun pour donner de plus belle et une voix pleine d'entrain sature les haut-parleurs : « Maintenant, place au bal, que vont ouvrir Monsieur Mitterrand, président de la République française, et Madame Kolingba. »

Pour François, à demi assoupi, c'est le choc. Un petit vent de panique, il hésite, paraît se dérober, mais finalement se résigne, s'efforçant de sourire. Le voilà qui se lève, s'incline devant l'imposante Mme Kolingba et l'emmène vers le podium pour engager un fox-trot très hésitant. Les convives montent sur les chaises, parfois sur les tables, ondulant entre verres et bouteilles, pour ne rien rater du spectacle. Sentant le péril, Jacques Attali, toujours en alerte, saisit le bras d'une voisine et se lance à son tour sur le podium pour cacher, s'il en est encore temps, les piètres talents de danseur de son chef.

Tout le monde ou presque le suit, sauf le général Kolingba, comme alourdi par le tapis de décorations qui leste son veston et, derrière lui, le colonel Mantion. Aussi discret qu'omnipotent, l'œil de Paris à Bangui est, chacun ici le sait, le véritable patron du pays.

Rien n'échappe à l'excellent colonel. Avec lui, la France veille sur Bangui, aujourd'hui comme hier.

L'homme a connu de très près Valéry Giscard d'Estaing et son goût immodéré pour les grands fauves qu'il venait chasser ici, à la moindre occasion. Il en sait sûrement long sur les diamants qui ont coûté si cher à l'ancien président. Et plus encore sur la façon dont on s'est résolu, en haut lieu, à se débarrasser enfin du bouffon tyrannique qui s'était proclamé empereur.

L'opération « Barracuda », déclenchée quand il apparut que Jean-Bedel Bokassa, non content de jouir des joyaux de sa couronne, faisait massacrer des étudiants et, dit-on, mangeait des enfants, c'est Mantion qui en avait été le maître d'ouvrage. Cela n'avait pas suffi à redorer le blason de Giscard, définitivement terni par cette affaire de diamants, mais avait au moins permis de libérer le Centrafrique de son despote.

Bonne mère, la République avait installé l'empereur déchu, qui excipait volontiers de ses états de service dans l'armée française, dans un château de la région parisienne. J'étais allée le rencontrer et l'avais trouvé, en grand uniforme, au milieu de ses femmes et de ses maîtresses, dans un capharnaüm de vieux fourneaux et d'automobiles rouillées qui servait de terrain de jeux à une ribambelle de petits princes et princesses. Il pestait contre la France qui l'empêchait de regagner son pays, vitupérait contre Giscard qui l'avait trahi, se lamentait du dénuement dans lequel on le laissait. Il allait juste avoir le temps d'écrire ses mémoires avant de rentrer au bercail… pour être jugé.

Le jour de ce retour attendu, le colonel Mantion était encore de faction. Discret sûrement, comme ce soir, sous les lampions. Efficace aussi. Toujours pour la même (bonne) cause. Vue d'Afrique, la République a certes changé de tête, mais ni de politique ni de serviteurs. Le colonel a simplement un nouveau patron…

Nom : Mitterrand. Prénom : Jean-Christophe. Affublé, à Paris comme en Afrique, de l'aimable sobriquet de « Papa-m'a-dit »… Il danse aussi dans la cour intérieure de Berengo. Tout comme Guy Penne, autre conseiller très spécial du président pour les affaires africaines. Ce poste de grande confiance, Penne le doit moins à ses compétences de dentiste qu'à ses galons dans la franc-maçonnerie, bagage fort utile quand on fréquente les gens influents, à Dakar, Libreville, Abidjan ou Bangui.

Je sais les relations franco-africaines volontiers familières, mais je m'étonne encore ce soir de voir ces socialistes se complaire dans des rapports singulièrement paternalistes.

Il y a bien eu la période Cot, mais elle n'a guère duré. J'ai à peine eu le temps de constater l'effort d'*aggiornamento* lors d'un précédent voyage en Afrique, en 1982. Jean-Pierre Cot, encore ministre de la Coopération, m'avait dit son ambition d'impulser une aide au développement inspirée de ce que défendaient les Suédois. « Notre politique africaine doit désormais miser sur l'efficacité et la promotion des droits de l'homme », disait-il alors.

Cot passait à Paris pour un aimable idéaliste. Critique injuste : il entendait seulement montrer que les droits et devoirs hérités de la domination coloniale ne dispensaient pas la France d'un minimum de moralité dans ses rapports avec ses anciens sujets. Mais voyant ses prérogatives chaque jour plus limitées, constatant que le président s'empressait de lire son courrier dès qu'il intervenait en Conseil des ministres, Cot comprit vite qu'il gênait. Sous Mitterrand comme sous ses plus illustres prédécesseurs, l'Afrique restait « chasse gardée » et bien gardée. On s'en occupait à l'Élysée, nulle part ailleurs. De Gaulle avait eu Foccard, Mitterrand père aurait Mitterrand fils... Un jour de décembre, on proposa au ministre encombrant l'ambassade à Madrid. Il n'avait plus qu'à refuser, et à démissionner.

Tout était donc rentré dans l'ordre, le successeur de Cot, Christian Nucci, se dépêchant d'affirmer qu'il n'avait d'autre ambition que d'obéir au président.

Qu'a-t-il fait, le président, de ses belles promesses ? Ne jurait-il pas, dans ses habits de candidat, que la France, avec lui, cesserait d'intervenir à tout propos dans les affaires intérieures de ses anciennes colonies africaines, que les politiques de collaboration militaire seraient revues et corrigées...

Aujourd'hui, l'audace n'est plus de mise, sinon pour danser le fox-trot sous les étoiles ! Et les inspirateurs de la politique africaine – les Georges Beauchamp, Philippe Decraene ou autres Gilbert Comte – sont de vieux routiers du continent, hommes de tradition et garants de continuité. La *realpolitik* a donc repris ses droits, à la mesure d'une puissance seconde, dans le pré carré africain.

Ils sont bien passés, les beaux rêves de Cancún, ce nouvel âge promis aux rapports Nord-Sud par un Mitterrand encore auréolé de sa victoire, porté par la ferveur d'un Debray, lui-même pressé d'écrire une suite, plus sage mais pas moins ambitieuse, à ses élans de jeunesse. Les prêches sur le « nouvel ordre économique mondial » jaunissent dans les tiroirs. L'axe Mexico-Alger-New Delhi, cher à Claude Cheysson, a duré le temps d'un fantasme. Business oblige, on s'avise d'exporter un second réacteur nucléaire au pays de l'apartheid et on encourage les marchands de canons tricolores à tenir leur rang dans le monde, pour sauvegarder l'emploi bien sûr...

L'image de la France dût-elle en pâtir, il n'y avait, me répétait François, d'autre politique sérieuse. Et la morale en serait-elle mise à mal, tout le monde agissait de même...

*

Pendant ses premières années au pouvoir, François Mitterrand entreprit de nombreux voyages en Afrique. Il visita le Niger, la Côte-d'Ivoire, le Sénégal, la Mauritanie, le Burundi, le Ruanda, le Centrafrique, le Congo, le Zaïre, le Togo, le Bénin, le Gabon, l'Algérie, le Maroc, etc. Cette prédilection pour les grandes tournées africaines lui valut même dans la presse française le sobriquet de François l'Africain.

Il portait éternellement un grand chapeau à larges bords pour se protéger du soleil de plomb de l'Afrique, qu'il ne supportait pas mieux que celui de la France. Pourtant, il lui arriva d'être pris de vertiges après avoir débarqué dans une capitale africaine, alors que ses collaborateurs ne trouvaient pas sur-le-champ le fameux chapeau.

La première fois que j'assiste à une telle scène se situe peu après un atterrissage à Niamey, capitale du Niger, où François Mitterrand doit visiter le zoo. Je vois Claude Gubler se précipiter vers François Mitterrand qui vacille. Mais au lieu de faire transporter le président mal en point dans le bâtiment le plus proche, Gubler, son médecin personnel, prend sa mallette noire, l'ouvre, verse de l'eau dans un verre, y ajoute une solution de glucose. Tout cela devant la presse française au complet. Le lendemain, le médecin fera une déclaration sur l'état de santé préoccupant du chef de l'État. Mais avec le chapeau et les lunettes de soleil, ces vacillements médiatisés ne se produiront plus. Cependant, Gubler, d'après ce qu'on disait dans la délégation française, avait toujours plus d'appareils photo et de pellicules dans sa mallette noire que de médicaments, et ne jouissait pas d'une grande réputation parmi les conseillers du président.

Ce voyage en Afrique, qui avait fini à Bangui par une

danse déchaînée, avait commencé de la façon la plus traditionnelle, quelques jours plus tôt à Paris, par une matinée sombre et froide de décembre 1984.

Les membres du voyage – ministres, conseillers et quelques personnes invitées à titre personnel – n'étaient pas les seuls que l'on priait de se présenter à l'aube dans le salon d'honneur de l'aéroport Charles-de-Gaulle. François Mitterrand avait gardé la tradition de son prédécesseur de convoquer des ministres et des hauts fonctionnaires : Guy Fougier, préfet de police de Paris, et Michel Rocard, ministre de l'Agriculture, qui devaient s'aligner le long des murs pour saluer le président à son arrivée à Roissy. Ensuite, il leur fallait rentrer à Paris dans les embouteillages du matin, tandis que nous, mieux lotis, empruntions le tapis rouge bordé de gardes d'honneur qui mène au Concorde.

Tant que le Concorde survolait l'espace aérien européen, il n'était pas question de franchir le mur du son. Mais au moment même où l'Europe laissait place à l'Afrique, on ne se préoccupait plus des nuisances provoquées par le bruit, ou, comme le faisait remarquer quelqu'un : « De toute façon ils n'ont pas de fenêtres, il n'y a pas de risque que les vitres éclatent ! »

A bord du Concorde, comme dans les autres avions utilisés par le chef de l'État, on installait provisoirement, à l'avant de l'appareil, un compartiment spécialement aménagé et des cabines avec des lits. Le président pouvait s'y reposer ou travailler sans être dérangé. Pendant les longs voyages de nuit, les ministres et conseillers qui l'accompagnaient n'arrivaient pas toujours à trouver le sommeil à l'arrière de l'avion. Le premier ministre des Affaires étrangères de Mitterrand, Claude Cheysson, avait pris l'habitude d'apporter avec lui un matelas gonflable qu'il installait sous une longue table de travail devant son siège. Ensuite, il se glissait sous la table, se mettait un bandeau sur les yeux et s'endormait.

Au cours de ce voyage, comme au cours de tant d'autres, Mitterrand faisait régulièrement venir auprès de lui un conseiller ou un invité. Chaque fois que son aide de camp avançait dans l'allée centrale, des regards pleins d'espoir se levaient vers lui. L'espoir d'être l'élu, de passer quelques minutes avec le chef de l'État. Peut-être pour recueillir une confidence à consigner soigneusement et la ressortir éventuellement, mais, avant tout, pour pouvoir se dire avec fierté qu'on a été choisi avant tous les autres pour un tête-à-tête.

« Ce sera difficile », me confie François Mitterrand, quand son aide de camp m'a fait signe de le rejoindre à l'avant de l'appareil, « de mettre Mobutu de bonne humeur. Il est furieux de ma récente rencontre avec Kadhafi et menace même de ne pas participer au sommet de Burundi, après-demain. Et me voir arriver seul ne va pas le rendre de meilleure humeur. »

En effet, la veille de notre départ pour le Zaïre, le Ruanda, le Burundi et la République centrafricaine, Danielle Mitterrand avait fait savoir qu'elle était enrhumée et avait annulé son départ.

*

Deux jours avant cette longue nuit de Bangui, nous étions au Burundi, petit jardin au royaume des Grands Lacs. Le Burundi accueillait pour la première fois le sommet franco-africain. L'honneur qui lui était ainsi réservé aura coûté cher… à la France. Sur la facture, en effet, une route reliant Bujumbura, la capitale, à son aéroport, un hôtel de luxe, un parc de limousines… et un de ces beaux scandales qui font tache dans la vie des républiques. Un chef de cabinet indélicat, un ministre peu regardant… L'affaire du Carrefour du développement est née là, dans le financement inconsidéré d'un sommet de prestige.

La réunion s'achève. Je déjeune tranquillement à la terrasse de l'hôtel avec quelques amis de la délégation française quand un des agents chargés de la sécurité de François Mitterrand arrive tout essoufflé : « Madame Forsne, où étiez-vous encore ? On vous cherche partout… Ça fait une heure et demie que le président vous réclame… » La même mésaventure étant arrivée deux jours plus tôt à Kinshasa, l'homme est particulièrement énervé, ne sachant trop s'il doit me conduire alors que l'heure est largement passée ou risquer une réprimande pour ne pas m'avoir emmenée. Il finit par appeler une voiture. Parvenue à la résidence du président, Claude Gubler accourt vers moi, apparemment aussi nerveux que le policier qui m'a conduite : « Christina, s'écrie-t-il, je n'ose plus rien lui dire maintenant, il se repose. »

Simple médecin généraliste que François avait connu par l'intermédiaire de sa belle-sœur, Gubler avait atterri à l'Élysée en 1981 parce que le président n'avait jamais jugé utile d'en chercher un autre. François, à vrai dire, se moquait de ses conseils et de ses ordonnances, m'avouant même un jour qu'il ne lui inspirait guère confiance.

Mal fagoté, ici comme à Paris, dans son complet de velours marron, le visage plus rougeaud que jamais, les rouflaquettes en bataille, il angoisse et voudrait m'empêcher de rentrer.

« Et que croyez-vous que le président dira quand il saura que vous ne m'avez pas laissée passer, que j'ai attendu pendant des heures ? lui dis-je d'un ton grinçant.

– Mais vous n'êtes pas la seule, répond-il, l'air de plus en plus paniqué. Le président Kolingba est là aussi. Il doit prendre notre avion pour rentrer à Bangui… »

Craignant sans doute une colère froide et cinglante de son unique patient, le docteur m'ouvre finalement le chemin.

Et tandis que le président centrafricain fait antichambre, que Gubler complète son album et que les gens du protocole piaffent, j'ai droit à une leçon de diplomatie, avec travaux pratiques appliqués à l'Afrique. Tout y passe : morale et politique, aide au développement, promesses d'hier et réalités d'aujourd'hui. Je lui rappelle Cancún et ses belles envolées : « Pas de liberté sans développement, pas de développement sans droits de l'homme… »

François secoue la tête, irrité.

« Tu ne comprendras jamais. Tu es suédoise. Vous

autres n'avez jamais colonisé. Votre perception du tiers monde est bien naïve. Vous croyez que tous les hommes de la planète doivent un jour devenir de bons petits démocrates à la suédoise…

– Que veux-tu dire ? Que je ne suis pas au goût du jour ? Que je me berce encore d'illusions ? Qu'il fallait être naïf, oui, pour croire la gauche quand elle prétendait faire bouger les rapports entre les pays riches et le tiers monde ?

– Je veux seulement dire qu'il faut connaître un pays, sa réalité économique, sa mentalité, pour espérer être efficace. Je la connais, moi, l'Afrique. Ça fait trente ans que j'y viens et reviens. J'ai été ministre de l'Outre-mer autrefois, et les dirigeants d'aujourd'hui, je les connais depuis des lustres… Garde-toi de toujours mal interpréter, de voir du paternalisme partout.

« Les Européens ont du mal à se situer vis-à-vis de cet immense continent. Les mélanges d'idéologie et de mauvaise conscience sont dangereux, comme la volonté de chercher à tout prix des modèles pour le tiers monde. Il ne faut pas renoncer à nos conceptions, mais on doit surtout songer à maintenir l'Afrique, autant que possible, en dehors des conflits Est/Ouest…

« Non, je ne me fais pas d'illusions sur les hommes que je rencontre ici. Je sais bien qu'il y a de tout : des comptes en Suisse et des salles de torture. Mais la France ne peut pas jouer constamment au juge ou au gendarme. Si on veut rester, conserver notre influence, il faut préserver le dialogue… »

J'essaie encore d'objecter, lui parle des dégâts de

la colonisation, des structures sociales détruites, des traditions brisées, des repères effacés… de la responsabilité historique de l'Occident, de son obligation de compenser aujourd'hui… François s'énerve.

« J'en ai par-dessus la tête de tous ces discours sur les dommages de la colonisation, sur la dette que nous devrions payer pour l'éternité. Écoute : j'en connais qui devraient plutôt être heureux d'avoir été colonisés. Où en seraient-ils maintenant, sans cela ? La décolonisation a bouleversé bien des choses, c'est vrai, mais peu à peu les Français apprendront à porter un regard plus nuancé, plus équilibré sur l'histoire qui les a menés ici et qui les en a fait partir. Non, tous les malheurs de ce continent ne peuvent pas nous être imputés… »

Bref ! En finir avec les sanglots de l'homme blanc, comme on dit si bien ?

« Je n'ai jamais pensé que nous n'avions plus de responsabilités aujourd'hui. Mais ce n'est sûrement pas celle d'imposer ici un modèle qui nous ressemble. Je suis certain que les choses vont changer, qu'une nouvelle solidarité va naître, sur de nouvelles bases…

– Pourquoi maintenant ?

– D'abord parce que l'opinion – pas seulement en France – va réaliser que tous les milliards d'aide au développement n'ont servi qu'à arroser le sable. Et qu'une nouvelle génération établira une relation moins passionnée, plus constructive, avec le tiers monde. La volonté d'aider l'Afrique croîtra quand on réalisera l'ampleur de son explosion démographique. Alors, il n'y aura plus le choix : ou aider les hommes et les femmes d'ici à se bâtir une vie décente ou voir l'immigration virer à la catastrophe. »

Il s'arrête. Le président Kolingba attend. L'avion attend. Tout le monde attend…

*

Le Tchad et ses interminables guerres avaient altéré l'atmosphère voulue, comme de coutume, « familiale », du sommet de Bujumbura. François Mitterrand avait hérité, dans cette ancienne colonie subsaharienne, d'une situation presque ingérable. Aucun de ses prédécesseurs n'avait pu mettre un terme à ces rezzous incessants de petits et grands seigneurs de la guerre qui se délogeaient successivement de N'Djamena, la capitale tchadienne, après d'épiques cavalcades dans le désert. Aucun non plus n'était parvenu à tenir Kadhafi à distance d'un conflit qu'il ne cessait d'attiser.

De fait, au printemps 1981, les troupes libyennes occupaient tout le nord du Tchad, tandis que leur affidé, Goukouni Oueddei, guerroyait contre Hissène Habré, homme lige des Occidentaux. Battu cette fois, ce dernier avait dû s'enfuir au Soudan voisin pour préparer sa revanche.

Curieusement, François Mitterrand se résolut à soutenir Goukouni. « C'est lui le patriote », me dit-il, en rappelant les méfaits passés d'Habré, ravisseur de Françoise Claustre et sans doute assassin du médiateur dépêché par la France dans son fief du Tibesti… Le choix du président n'empêchait d'ailleurs pas ses propres services de renseignements de continuer de miser sur Habré. En réalité, François Mitterrand aurait sûrement préféré sortir la France de ce « nid de guêpes ». S'étant gardé de fournir à Goukouni l'aide qu'il sollicitait, il vit bientôt, fort logiquement, revenir Habré remis en selle et réarmé par les Américains…

Quand je l'interrogeais alors, François serrait les dents. Goukouni avait décliné l'offre d'asile de la France et s'était réfugié à Alger. Habré s'installait à N'Djamena et Kadhafi jouait de nouveau à saute-frontières… « Mais il n'y a rien d'autre que du sable et des dattes ! », fulminait le président en privé.

En plein mois d'août, il finit tout de même par réunir dans sa bergerie landaise ses ministres et ses généraux. Il y avait là Hernu et Cheysson, Saulnier, son chef d'état-major particulier, et Jeannou Lacaze, le grand patron des armées françaises. Au téléphone – j'étais en Suède pour les vacances – François me paraissait de fort méchante humeur. Des conciliabules de Latche sortit l'opération « Manta » : 3 500 soldats français plantés dans le désert pour interdire à Kadhafi de dépasser le 15e parallèle.

Ainsi la France, sans se lancer dans une guerre aux suites trop imprévisibles, montrait aux Africains qu'ils pouvaient toujours compter sur elle et aux Américains qu'ils devaient encore compter… avec elle. Le président était satisfait.

C'est ce crédit qu'il devait entamer, deux ans plus tard, en s'avisant d'aller rencontrer personnellement Kadhafi en Crète. Préparant son coup dans le plus grand secret, bravant par avance l'incompréhension que son initiative ne manquerait pas de susciter, prenant son ami Charasse pour tout bagage, François s'était laissé guider… par sa curiosité. Il en revint, me dit-il, déçu. Il s'était fait « une fausse idée » du colonel libyen, qui n'avait pas en fait « l'envergure » qu'il lui prêtait…

A Bujumbura, quelques semaines plus tard, la rencontre inopinée de Crète avait laissé quelques traces. François Mitterrand n'en avait cure. Nul, bien sûr, ne se serait avisé de lui en demander compte…

*

J'ai toujours ressenti entre Hassan II et François Mitterrand une absence de chaleur même superficielle, que d'habitude François Mitterrand prenait soin d'afficher en toute circonstance. L'amitié entre Hassan II et Valéry Giscard d'Estaing expliquait cette réserve, mais pas complètement la distance qui subsistait entre les deux hommes.

C'est plutôt comme si l'un reconnaissait son double dans l'autre : deux hommes politiques aussi habiles l'un que l'autre, deux joueurs guettant toujours le prochain coup de l'adversaire. Cet affrontement entre adversaires dignes de ce nom s'est détérioré en raison des relations plus que mauvaises entre Hassan II et Danielle Mitterrand : son engagement actif, bien que sélectif, pour les droits de l'homme au Maroc, a influencé François Mitterrand. Les efforts déployés par Danielle Mitterrand et quelques Françaises pour faire libérer Abraham Serfaty, prisonnier politique, ont finalement été couronnés de succès. Mais une fois Serfaty libre, Hassan II ne s'est pas privé de clamer à tous vents ce qu'il pensait de l'épouse de Mitterrand, une épouse qu'il ne jugeait pas à la hauteur de son mari.

Dans les années quatre-vingt-dix, les contacts entre François Mitterrand et Hassan II s'espacèrent. Le président français laissait seulement échapper de temps en temps un commentaire méprisant sur l'oppression politique qui régnait au Maroc. Et pourtant, je sais que François Mitterrand, lors de son départ après la dernière rencontre franco-africaine à Biarritz, à l'automne 1994, a été particulièrement touché par la présence d'Hassan II.

Le Maroc comme l'Algérie étaient à la recherche d'un soutien diplomatique de l'Europe pour défendre leur cause dans le conflit du Sahara occidental.

François Mitterrand choisit de rester, dans la mesure du possible, en dehors du conflit, en appuyant la proposition d'un référendum organisé par les Nations unies. Mais comme toutes les tentatives pour établir un recensement de la population à peu près fiable avaient échoué, cette région étant peuplée de nomades, les Nations unies finirent par abandonner le projet.

En tant que journaliste, pendant des années j'ai suivi de près le conflit du Sahara, et souvent visité la région ; j'ai interviewé aussi bien le président algérien Chadli que le roi Hassan II sur ce conflit et, bien sûr, j'ai évoqué la question avec François Mitterrand.

Il était tout à fait conscient que les hommes jeunes formant la direction du Polisario étaient opposés aux régimes en place au Maroc et en Mauritanie, et que le

Polisario était une création de l'Algérie, une tentative pour déstabiliser le voisin à l'ouest et, éventuellement, une possibilité de trouver une ouverture vers l'Atlantique.

Il n'ignorait pas non plus que ce mouvement de libération était fourni en argent et en armes lourdes par le colonel Kadhafi, à travers la « piste Kadhafi » qui passait par le Sud algérien.

Il n'y avait naturellement pas de politique plus sensée que de se tenir en dehors de ce conflit régional, où un engagement de la France ne pouvait avoir pour elle que des conséquences désastreuses.

François Mitterrand refusa toujours de céder aux pressions du Parti socialiste pour venir en aide au Polisario.

8

Les eaux troubles du Pacifique

La France, fût-elle laïque et républicaine, a toujours goûté les rituels. Loin de déroger à la règle, François Mitterrand se plut à proposer, quatorze années durant, un *addendum* champêtre au calendrier déjà chargé des cérémonies. C'était, jour de Pentecôte, l'escalade d'un raidillon bourguignon, la roche de Solutré.

La grimpette, inaugurée dans les années cinquante, ne fut longtemps qu'une affaire de famille, à laquelle s'associaient quelques vieux amis de la Résistance. Mais, François devenu président, tout un gotha se fit un devoir de crapahuter à ses côtés. Ministres et sous-ministres, élus et dirigeants n'auraient pour rien au monde manqué le rendez-vous. Et avec eux, télévision aidant, la France entière montait donc, ce jour-là, tout en haut de la roche...

Cette petite partie de campagne avait, il est vrai, l'insigne avantage de meubler, pour toutes les rédactions, un de ces interminables week-ends où l'actualité elle-même semble avoir pris congé.

Télévisions, radios, journaux, français et parfois étrangers, firent donc, chaque Pentecôte, un sujet de choix de la très présidentielle randonnée pédestre. L'année où je m'y rendis, ce cirque médiatique autour d'une balade me fit honte pour François. Et devint, entre nous, la cause de bien des disputes.

La veille du grand jour, les journalistes remplissaient les bons hôtels de la région, à des dizaines de kilomètres à la ronde, et ripaillaient gentiment. Le lendemain, de bon matin, direction Solutré… Dieu merci, en partant du parking, le versant le plus abrupt de la roche s'escaladait sans grand effort. Une fois au sommet, il ne restait plus qu'à prendre le soleil en attendant la cohorte des alpinistes du dimanche qui montaient par le chemin le plus long, en pente douce. Il se trouvait toujours une sentinelle pour prévenir de leur arrivée. Alors, tout le monde se levait, tel un jardin d'enfants accueillant le Père Noël, et regardait en contrebas.

En tête, coiffé d'une casquette de marin et canne à la main, marchait bien sûr François Mitterrand. Suivait le chien. Derrière, en file indienne, la famille, les ministres, les conseillers, tous en tenue de campagne…

A mesure que le sommet approchait, une évidente nervosité saisissait le peloton. Certains, de l'arrière, accéléraient le pas, jouaient des coudes, faisaient les bordures et, n'était le respect dû au grimpeur vedette, auraient trouvé assez de souffle pour passer en tête ! Objectif, bien sûr : le plein cadre de la caméra pour le journal de 20 heures et l'assurance de la photo à la une des quotidiens du lendemain. Être à la droite (ou à la gauche) du Père en ce jour béni de la Mitterrandie méritait bien quelques efforts.

A ces jeux de Cour, Jack Lang n'avait guère de rival. Mais Charles Hernu et Jacques Attali se révélaient également excellents finisseurs... Au fil des années, les mitterrandologues avisés pouvaient ainsi remettre de l'ordre dans leurs carnets, pointer les absents et les traînards, sans doute en demi-disgrâce, ou au contraire repérer les néophytes, derniers favoris du Prince...

Au sommet, ayant repris son souffle et admiré le paysage, le président ne manquait jamais de demander, faussement étonné, à qui l'avait attendu : « Mais qu'est-ce que vous faites là ? Vous ne passez pas Pentecôte en famille ? » Il fallait ensuite redescendre, suivre le guide qui s'arrêtait çà et là pour saluer les familles en pique-nique, et gagner l'auberge où le déjeuner attendait.

Buffet en sous-sol pour la presse, agapes familiales pour le président qui, à l'heure du café, prenait chapeau et canne et, tout sourire, venait s'installer sur la terrasse, derrière une longue table de bois où se pressaient déjà, sur trois rangs, les journalistes en mal de « petites phrases ». Devant micros et caméras, commençait alors un « échange informel » – c'est du moins ce qui devait être dit –, occasion pour le promeneur du jour de lâcher pseudo-confidences et piques plus ou moins acides.

Spectacle pitoyable, piètre jeu de séduction où chacun s'efforçait seulement de paraître à son avantage. François était aux anges...

Je n'ai jamais pu discuter vraiment avec lui de cette grotesque mise en scène. Il jurait que c'était une tradition familiale, que les médias n'avaient rien à y faire. Mais refusait d'admettre qu'il donnait ainsi l'image d'un « parrain » ridicule. Une année, pourtant, il eut la bonne idée de partir dès l'aube, en compagnie de son seul beau-frère. Les journalistes, bredouilles, eurent tout de même droit à leur « échange informel ».

A la Pentecôte 1984, la télévision française diffusait, après le déjeuner, un match de football que François Mitterrand ne voulait surtout pas manquer. On fit donc attendre sur la terrasse. Les ministres et conseillers les moins portés sur le ballon rond déambulaient, un verre à la main, au milieu des journalistes impatients. Je me retrouvai alors avec Charles Hernu, plus couperosé que jamais, chemise défaite mais barbe bien taillée, comme toujours tombé dans l'after-shave. Le ministre de la Défense était un homme à femmes, ce qui ne semblait gêner personne, du moins jusqu'à ce qu'il divorce, succombant à une nouvelle passion.

Une charmante attachée de presse de l'Élysée, dépêchée là pour le week-end, allait malencontreusement faire les frais de cette très répréhensible aventure. La famille Mitterrand, qui ne l'avait jamais rencontrée, la prit pour la dernière conquête d'Hernu. Et dînant à l'hôtel de Cluny, où la suite du président était descendue, la pauvre jeune femme subit, des hors-d'œuvre au dessert, tout l'opprobre qu'une petite bourgeoisie catholique et provinciale est capable de jeter en de telles circonstances…

Quoi qu'il en soit, je ne pouvais, moi, laisser passer l'occasion d'interroger notre homme sur la politique de défense, notamment les essais nucléaires.

Charles Hernu me répondit en attaquant vertement la

neutralité de la Suède, « aussi malhonnête qu'irréaliste ».

« Avez-vous assez de culot pour oublier que c'est la lâcheté et la chance qui vous ont tenus à l'écart de la Seconde Guerre mondiale, et pour croire que vous allez encore profiter de la même baraka ? me dit-il d'un ton plein de mépris.

– Ne parlez pas de malhonnêteté ou d'immoralité, lui répondis-je, lorsqu'on voit ce que vous êtes en train de faire à Mururoa. Un de mes compatriotes, Bengt Danielson, habite à Tahiti. Il a publié, sur la présence française en Polynésie, des papiers assez effrayants.

– Ne parlez pas de choses que vous ne connaissez pas, rétorqua Hernu, rouge de colère.

– Alors, laissez-moi y aller, je pourrai me rendre compte sur place.

– D'accord », dit Hernu.

Et c'est ainsi que, quelques mois plus tard, je fus la première journaliste étrangère autorisée à mettre un pied sur l'atoll de Mururoa.

Étrange découverte : voilà un atoll que toute une presse anglo-saxonne décrit comme l'enfer sur terre, et je débarque à deux pas du paradis ! Une plage de sable blanc, une mer plate et claire comme de l'eau de roche, des palmiers qui balancent leur feuillage au vent lorsque l'avion de Tahiti arrive en bout de piste.

Au milieu de ces palmiers, une ville entière : quartiers résidentiels, hôpitaux, murs de béton, routes goudronnées, voitures et autobus. Une vie tournée vers un seul objectif : perfectionner l'arme la plus meurtrière que l'homme ait jamais fabriquée.

Les chercheurs et les militaires me font faire le tour de l'atoll, des laboratoires à la lagune, où l'on fore des puits profonds de mille mètres. Partout la même antienne : la sécurité est parfaite.

Entre Mururoa et Tahiti, m'explique-t-on, il y a 1 200 kilomètres, autant qu'entre la Suède et Paris, alors qu'entre la zone d'essais du Nevada et Las Vegas, il n'y a que 120 kilomètres !

Je suis venue, armée d'une documentation qui paraît accablante : coupures de la presse étrangère, rapports de Greenpeace. Mes interlocuteurs ne s'en émeuvent guère. Ils me font visiter, constater *de visu* l'importance des mesures de sécurité, mais me montrent aussi quelques bandes inhospitalières, tout au bout de l'atoll, « souillées » par des « incidents antérieurs »…

Les études des experts français, tout comme celles de Forum, un groupe de chercheurs hostiles aux essais, venus d'Australie, de Nouvelle-Zélande et des îles Tonga, démontrent paradoxalement que la radioactivité est ici parmi les plus faibles du monde.

Quand les Parisiens vivent sous une radiation annuelle de 96 millirems par an, les trois mille habitants de Mururoa n'en subissent que 32,5. Et une radio des poumons en produit 100…

L'occasion de glisser une dernière provocation : « Pourquoi ne pas faire les essais en Auvergne, s'ils sont aussi inoffensifs ?

– Les secousses sismiques seraient trop importantes, répond Lucien Michaud, l'ingénieur du CEA qui me sert de guide. Nous n'avons pas en France de région inhabitée suffisamment vaste. Et nous avons déjà, ici, toutes les installations nécessaires... »

Réponse aussi truffée de lieux communs que le discours que me servira, pour le camp adverse, Bengt Danielson, quelques jours plus tard.

Bengt s'est installé en Polynésie avec son épouse française, Marie-Thérèse, en 1947. Ils habitent, non loin de Papeete, une de ces belles demeures traditionnelles, entourée d'un jardin féerique, la mer à leurs pieds. Et campent au premier rang des activistes antinucléaires. A leur seul nom, les autorités françaises voient rouge.

« Les Polynésiens étaient heureux avant l'arrivée des Français, dit Danielson, chauve et barbu. Aujourd'hui, ils ne pensent qu'à l'argent, à la Mobylette, au frigo et au cinéma. »

Quel rapport avec le danger des essais atomiques ?

« L'atoll n'est plus qu'un gruyère et les cancers ont augmenté de façon dramatique. »

Mais les conclusions des chercheurs de Forum, enfin autorisés à effectuer des prélèvements, comme les antinucléaires le réclamaient à cor et à cri, ne disent-elles pas que l'atoll est bien moins touché qu'on ne le prétend, que la sécurité est garantie, même si, d'ici cinquante ou cent ans, de petites fuites peuvent apparaître ?

Danielson réfute l'argument. Les chercheurs de Forum, à l'entendre, ne sont plus compétents. Lui sait que les gens meurent de cancer dans les hôpitaux militaires, et que ces morts n'entrent jamais dans les statistiques. Il donne des noms, cite des faits.

Je rends compte honnêtement des points de vue opposés et de ce que j'ai pu constater par moi-même. Lorsque mes articles paraissent, en Suède et au Danemark, je mesure à quel point les sentiments l'emportent sur les faits, chacun restant indifférent à l'argumentation de l'autre. Mais les Danielson sont des agitateurs efficaces ; ils irritent profondément les autorités françaises par les articles qu'ils publient, surtout dans la presse néo-zélandaise.

*

Un peu plus d'un an après ma visite à Mururoa, je rencontre à nouveau Charles Hernu. A l'Élysée, cette fois, où François Mitterrand l'a fait appeler après le sabotage du *Rainbow Warrior*, le navire de Greenpeace, dans le port d'Auckland.

C'est un homme totalement déprimé que je retrouve ce jour-là. Devant moi et devant François, il jure n'avoir jamais donné l'ordre de détruire le bateau. « La décision, insiste-t-il, a été prise à un haut niveau militaire, sans mon approbation. » François Mitterrand, de fait, s'interroge sur le rôle des amiraux Fages, commandant de la flotte française dans le Pacifique, et Lacoste, patron du contre-espionnage, la DGSE.

Les autorités militaires françaises dans la zone d'expérimentation avaient, depuis bien longtemps, alerté Paris : Greenpeace et son président David MacTaggart entendaient donner à leur manifestation annuelle contre les essais nucléaires une ampleur inégalée. Jusque-là, les hommes de la DGSE étaient parvenus à entraver les opérations des écologistes en usant de méthodes aussi rustiques qu'efficaces : un paquet de sucre dans les réservoirs des bateaux, des laxatifs violents dans les rations des équipages... Cette fois, l'amiral Fages est persuadé que les activistes vont tout tenter pour accoster à Mururoa. Au ministère de la Défense, on ricane d'abord des rapports de ce Cassandre...

Mais, de fait, Greenpeace prépare une véritable flottille : quatre navires, pas moins ! Cela risque de faire désordre. Les services secrets, de leur côté, soupçonnent fort les Russes d'avoir confié à l'organisation écologiste des appareils de mesure permettant d'en apprendre beaucoup trop sur la bombe à neutrons que les Français vont expérimenter.

A la DGSE comme dans la Marine, on commence alors à envisager une « neutralisation » plus radicale du *Rainbow Warrior*.

L'amiral Lacoste a le feu vert du président pour stopper toute action des écologistes qui pourrait compromettre les essais. En clair, toute embarcation qui entre dans les eaux territoriales peut être arraisonnée et, si nécessaire, momentanément confisquée.

Le 8 juillet 1985, le général Jean Saulnier, conseiller militaire du président, reçoit, comme c'est l'usage, un document à signer des services de renseignements. Il concerne les dépenses engagées par la DGSE pour couvrir les « frais » de l'opération Greenpeace : 1,5 million de francs. La note est salée, estime Saulnier, mais il signe. Après tout, trente agents de l'autre côté du globe, ça ne peut pas être très bon marché.

Le 10 juillet, le *Rainbow Warrior* est coulé. Un homme, un photographe portugais, y trouve la mort.

« Lorsque j'ai entendu qu'un navire de Greenpeace aurait explosé en Nouvelle-Zélande, je n'ai pas fait le moindre rapprochement, me racontera François Mitterrand peu après. J'ai dû me dire quelque chose du genre : eh bien ! là-bas aussi, ils ont des problèmes avec les terroristes. C'est seulement quand mes collaborateurs ont commencé à m'appeler que m'est venu le soupçon que nous pourrions y être mêlés. »

Le président convoque Hernu, qui transpire dans son bureau à l'Élysée. C'est un mois de juillet lourd et brûlant. Le ministre de la Défense maintient qu'il n'a rien su. Mitterrand tempête, parle de déraison. Déjà, on susurre à Hernu qu'une démission…

« Mais, tu comprends, il niait de façon si convaincante, me dira François Mitterrand. Oui, tout le monde se défilait de façon si convaincante. Il était si difficile de déceler les mensonges, tous calqués sur le même modèle. » Les révélations sur l'existence et l'intervention de diverses équipes dans la zone commencent à percer. Trois hommes auraient fait voile vers la Nouvelle-Zélande depuis la Nouvelle-Calédonie : à bord, les bombes qui devaient couler le *Rainbow Warrior*. Puis les spéculations vont bon train : on parle d'un autre groupe d'agents, quelques plongeurs qui auraient placé les bombes.

Jour après jour, François Mitterrand se concerte avec Laurent Fabius et Charles Hernu. De son côté, Fabius multiplie les réunions à Matignon. Le 24 juillet, les faux époux Turenge sont inculpés.

Le 27, Christian Prouteau, conseiller pour la sécurité, se rend à Latche en compagnie de Roland Dumas, ministre des Affaires étrangères. Prouteau veut persuader François Mitterrand de parler, d'admettre que la France est derrière l'attentat, et de présenter des excuses au nouveau Premier ministre néo-zélandais, David Lange. Même si, bien sûr, il faut aussi souligner que des intérêts vitaux de la France avaient été menacés.

D'après François Mitterrand, Roland Dumas l'a dissuadé de prendre une telle initiative. Il veut alors attendre, pensant que toute cette agitation finira par retomber et que la responsabilité de la France ne pourra jamais être prouvée. Quelques années plus tard, Dumas prétendra au contraire avoir, ce jour-là, plaidé dans le même sens que Prouteau.

Au mois de septembre, l'affaire rebondit lorsque Edwy Plenel, ce journaliste du *Monde* dont François Mitterrand se méfie déjà beaucoup, « révèle » l'existence d'une troisième équipe et met en cause la responsabilité directe de Charles Hernu. Le président tempête. Il affirme que Plenel, ancien militant trotskiste, est guidé par ses convictions politiques et fait preuve de malhonnêteté professionnelle.

En fait, François Mitterrand est convaincu que Plenel tient ses informations directement du ministère de l'Intérieur. Le journaliste du *Monde* est lié d'amitié à Pierre Joxe qui, d'évidence, a décidé de gérer l'« affaire Greenpeace » à sa façon. « C'est ça le journalisme d'investigation ? », grogne le président.

Le Premier ministre, lui, fait tout pour sauver sa peau.

Il exige de François Mitterrand qu'il sacrifie le ministre de la Défense. Un fusible doit sauter, et Fabius jure n'avoir jamais été au courant de rien.

François Mitterrand me confie que l'épouse du Premier ministre, Françoise Castro, a décidé d'agir de son propre chef pour protéger son mari et « épingler » Hernu. Elle est en contact avec les journalistes du *Canard enchaîné* et du *Monde*.

A l'époque, François répète inlassablement qu'il ne croit pas que Hernu, ami si proche, puisse être directement coupable. Même s'il le soupçonne volontiers de négligence : chacun sait que le ministre a le verre facile, le verbe haut et la bourrade fraternelle avec tout ce qui porte uniforme. On le voit très bien taper sur l'épaule de ses officiers et leur dire : « Allez les gars, vous allez m'arranger ça au mieux… »

Négligence possible pour Hernu donc, mais François Mitterrand ne peut croire que Jean Saulnier, général cinq étoiles, son chef d'état-major particulier, puisse être impliqué. Pour lui, Saulnier est tout simplement trop intelligent, trop clairvoyant dans ses jugements pour avoir commis une bourde aussi énorme.

Sur le point d'être nommé chef d'état-major des armées françaises, le général prend très mal sa mise en cause par les médias. « Même mes enfants croient que je suis mouillé, c'est épouvantable, se lamente-t-il devant moi. Mon fils me demande : “Papa, pourquoi tu as fait tuer ce photographe ?” Qu'est-ce que je peux faire ? Je ne vais quand même pas clamer mon innocence ! »

Il admet bien, après coup, avoir donné trop inconsidérément son aval à des frais supplémentaires, mais, plaide-t-il encore, comment imaginer que cela pourrait servir à autre chose qu'à acheter des billets pour les antipodes ?

Durant des mois, la presse va continuer de spéculer sur l'implication de Saulnier et du président dans le sabotage du *Rainbow Warrior*. Mais entre ce qu'écrivent les journaux et ce que dit la rue, il y a un abîme. En fait, les Français prennent l'affaire avec le plus grand sang-froid. Souvent, j'entends dire qu'après tout les gens de Greenpeace n'ont eu que ce qu'ils méritent. Et la colère des Néo-Zélandais n'est, aux yeux de bien des Français, que la marque d'une francophobie tenace.

A l'étranger, sans que davantage de preuves aient été avancées, François Mitterrand et Jean Saulnier sont souvent accusés par nombre d'observateurs. A tel point, par exemple, que la nomination de François comme docteur *honoris causa* de l'université de Göteborg fut enterrée sous prétexte qu'on ne pouvait honorer un « assassin ».

Bien des analystes ont estimé, par la suite, que François Mitterrand avait lui-même envenimé l'affaire. Si, disaient-ils, le président avait, sans attendre, tapé sur la table, reconnu les responsabilités de la France et sacrifié Charles Hernu, la tempête se serait vite apaisée. D'après eux, il aurait finalement pâti de ses propres hésitations, du vain espoir que le soufflé retomberait tout seul et de son attachement à Hernu.

A cela, le président répondait en invoquant le hasard.

Tout, selon lui, aurait pu se passer autrement, et faire traîner les choses aurait pu être payant. Le scandale restait pour lui un phénomène purement médiatique. Les journalistes s'étaient accrochés, avaient gonflé l'affaire par goût du sensationnel et parce qu'ils n'avaient rien d'autre à se mettre sous la dent.

Qui plus est, François n'avait pas imaginé – il le reconnaissait sans ambages – que Fabius allait à ce point privilégier son propre avenir. Si, dans la phase initiale, le Premier ministre n'avait pas autant accablé Hernu, ce dernier ne se serait peut-être pas muré dans un mensonge ou un subterfuge qui bloquait toute issue.

Mais Fabius, pris au dépourvu, refusa de se laisser embarquer dans cette sale histoire. Un abîme, il est vrai, le séparait d'Hernu, et ils étaient mutuellement incapables de se comprendre, dans la vie comme en politique. Jamais Fabius n'avait « léché les enveloppes » dans un local miteux du parti, jamais le « terrain » n'avait crotté ses chaussures bien cirées.

François Mitterrand admirait l'intelligence et l'habileté politique de Fabius. Mais, au fil des ans, il allait découvrir une autre facette, moins alléchante, du personnage : une propension à sauver d'abord sa propre mise à la moindre houle.

Les journalistes français ont longtemps soutenu que le Mitterrand vieillissant s'était « reconnu » dans le jeune Fabius. C'est bien loin de ce que j'ai perçu des relations entre les deux hommes, bien loin de ce que m'en disait François lui-même.

« Fabius, m'expliquait-il, est un jeune homme fort

sympathique. Brillant, ambitieux, il cherche toujours à comprendre. Il fait du bon travail à Grand-Quevilly, sa mairie, mais ses origines sociales limitent sa compréhension de la vie quotidienne des gens qui votent pour nous. Tout s'est passé trop vite pour lui. Il peut devenir un homme politique accompli, mais il n'a pas encore compris toutes les règles du jeu, et notamment qu'il faut savoir partager les responsabilités. »

Le modèle parfait de ces jeunes loups talentueux qui ont choisi la gauche au moment propice parce que c'était le plus court chemin vers le pouvoir ? François me regarde en souriant. « Non, je ne pense pas, dit-il, c'est certainement un socialiste convaincu. »

De fait, il aimait bien Fabius et, jusqu'à l'affaire Greenpeace, était sous le charme de son épouse, Françoise Castro, femme énergique au profil d'oiseau, au flair politique et mondain. En elle, il préférait voir encore la jeune militante socialiste plutôt que la femme avisée, en quête d'ascension sociale.

Malgré tout, il pouvait au besoin considérer son Premier ministre avec cette même distance froide qu'il gardait avec la plupart de ses autres collaborateurs. La haute idée que Fabius avait de lui-même, ses maladresses politiques et ses erreurs de jugement ont contribué à renforcer cette distance.

Lorsque Fabius, affrontant Jacques Chirac (alors président du RPR) dans un duel télévisé, croit bon de le moucher d'un risible « n'oubliez pas que vous vous adressez au Premier ministre de la France », François Mitterrand plaide mollement l'indulgence : « Il revenait d'un voyage éclair en Polynésie, il n'était pas au mieux de sa forme. Je l'avais prévenu qu'il allait se sentir mal, comme s'il n'avait pas encore atterri, mais il n'a pas voulu m'écouter. » En aparté, le président verra surtout dans cette bévue un réel manque de maturité. Et quand Fabius, toujours à la télévision, sortira son célèbre « lui c'est lui et moi c'est moi » pour se démarquer de Mitterrand, il arrachera seulement un sourire au président.

Le Premier ministre sort donc sain et sauf de l'affaire Greenpeace. Par un échange de lettres rendu public, il obtient de François Mitterrand le limogeage de l'amiral Lacoste. Le président n'a plus le choix : Charles Hernu est sacrifié.

Mais François Mitterrand tiendra à rendre également publique la lettre chaleureuse qu'il lui adresse alors. Il lui dit son chagrin, sa gratitude devant « l'honneur et la compétence » dont il a fait preuve. « Vous avez toute mon estime, ajoute-t-il, comme vous êtes estimé des Français qui savent apprécier un bon et loyal serviteur de l'État. En ce moment d'épreuve pour vous, je reste, comme toujours, votre ami. »

En privé, il mesure et déplore l'impuissance qui afflige tout responsable politique lorsque les médias « lâchent les chiens ». « Mais comment peut-on croire que j'ai donné mon aval à une action aussi débile, c'est un mystère pour moi, maugrée-t-il. Ça ne sert à rien que je me défende pour la énième fois. On a choisi une vérité, on l'assène, même si on ne peut rien prouver. »

Il téléphone personnellement à la famille du Portugais décédé pour présenter ses excuses au nom de la France, et me raconte que la famille, avec laquelle le photographe avait rompu de longue date, a réagi avec beaucoup de sang-froid. Elle sera dédommagée par l'État français.

François est bouleversé d'être dépeint, sans preuves, comme un menteur. Mais, même au pire de la tourmente médiatique, il reste persuadé que l'affaire n'aura pas de conséquences politiques graves, que l'opinion aurait même volontiers approuvé l'action des services secrets s'il n'y avait eu mort d'homme.

François Mitterrand veut tourner la page. La droite, profil bas, n'a pas trop exploité l'affaire. Les règlements de comptes entre Fabius et Hernu lui tapent maintenant sur les nerfs. Mais il note avec satisfaction que le ministre déchu conserve la sympathie des Français. Il a défendu l'honneur de l'armée. Fabius n'a défendu que lui-même.

Quelques mois plus tard, en décembre 1985, le Premier ministre croit bon de confesser, devant l'Assemblée nationale, le « malaise » qu'il éprouve du fait de la visite du général Jaruzelski à l'Élysée. Le président en est informé dans le Concorde qui l'emmène aux Antilles. Il est pris d'une colère blanche, aussitôt constatée par tous ceux qui l'entourent. Mais dédramatise vite en traitant le malaise fabiusien d'anecdote.

« J'ai rencontré Jaruzelski, m'expliquera François Mitterrand, parce que le moment était propice. Ceux qui crient : “Le Pinochet rouge peut maintenant se draper de respectabilité” n'ont rien compris à la diplomatie. »

Jaruzelski, c'est vrai, avait sollicité la rencontre et s'était déjà entretenu avec de nombreux chefs d'État occidentaux. Pourquoi la France, seule, devrait-elle l'ignorer ? C'était politiquement utile, jugea François Mitterrand, convaincu que le général était contraint d'entrouvrir la porte à la démocratie, et heureux d'entendre Lech Walesa lui-même le féliciter de ce simple commentaire : « En politique, seule l'efficacité compte. »

« Laisse-les glapir, m'avait-il dit, lassé des états d'âme et des protestations de Fabius, Montand et autres. L'histoire montrera que j'avais raison. »

Quelque temps plus tard, j'entrai dans son bureau à l'Élysée et le trouvai, guilleret, penché sur la une du *Figaro*. Jacques Faizant y croquait un nouveau Fabius… parapluie grand ouvert.

9

Un couteau sous la gorge

Sale temps ! Ce froid humide qui, certains soirs, vous fait détester Paris. Je me suis attardée à « La Hune », l'une de ces librairies que François aime fréquenter, à Saint-Germain. Il fait noir. Tête dans les épaules, nez dans le col du manteau, je presse le pas, impatiente d'être chez moi, au chaud.

Je suis sortie tard, pour me délasser, après avoir écrit toute la journée. D'habitude, j'aime être dehors quand la nuit tombe, à l'heure où Paris transhume. Une ou deux boutiques, un café, un peu de lèche-vitrines et retour dans mon deux-pièces sur cour, au cœur de l'île Saint-Louis. Mais aujourd'hui, j'ai vraiment hâte.

La cohue ordinaire à l'Odéon. A gauche, le Boul'Mich qui a depuis longtemps oublié défilés et pavés. J'accélère. En biais à droite, la Huchette, que la bohème post-gauchiste a livrée clés en mains aux vendeurs de kebabs. Rien que l'odeur pousse à courir. Je traverse et arrive essoufflée sur le trottoir, quasi désert, du quai de Montebello.

Il est bientôt huit heures et demie. Je n'ai plus qu'à

suivre la Seine. Un bruit de pas derrière moi. Je n'ai pas le temps de me retourner que l'homme est déjà là, me bouscule et me coupe le chemin. Il me pousse contre l'étal fermé d'un bouquiniste. Me pointe une lame sur la gorge.

Il doit avoir 20 ans. Il est nord-africain. Il a dans les yeux autant de drogue que de haine.

« Ton portefeuille ! »

Il appuie sur son cran d'arrêt. Je ne dis pas un mot et lui donne ce qu'il veut, réalisant au même instant que mes clés sont dedans. A trente mètres à peine, un autobus s'arrête. Quelques passagers montent. Personne n'a rien vu, il fait trop noir, et je ne peux pas crier. Le bus redémarre, se glisse dans le flot des voitures qui filent vers l'ouest. Maintenant le trottoir est vide. Le bus s'en va et je suis seule.

L'homme presse de nouveau sa lame. D'un signe de tête, il me montre l'escalier de pierre qui, tout près, conduit au quai bas, plongé dans la nuit noire, tout près de l'eau.

Impossible de dire, encore moins d'écrire, ce qui suit. Ce que lisent mes yeux dans les siens, ce qui se fige en moi. Images de viol, de mort. La peur, qui me tétanise. Et le refus, indicible, mais si violent qu'il me propulse au milieu de la chaussée. D'un seul bond.

Les freins ont crissé et la voiture a pilé net devant moi. L'homme a crié : « Je te retrouverai, je t'aurai ! » et il s'est enfui.

Le jeune couple qui m'a sauvée s'excuserait presque d'avoir failli m'écraser. Il me raccompagne à l'île Saint-

Louis. Je prends le double de mes clés chez un voisin et me précipite chez moi. Je plaque une chaise contre la porte, tente en vain d'y pousser une commode. « Je te retrouverai... » Je respire mal. Je tremble encore. Je sens la pointe de la lame sur ma gorge. Je vois ses yeux.

Le téléphone sonne. C'est François Mitterrand.

Je fonds en larmes. Des pleurs que je ne peux tarir. Comme s'ils me lavaient de mon angoisse. Peu à peu, François parvient à me faire parler. Je lui dis, lui redis ma peur : cet homme qui a mes clés, mon adresse... Il me calme, m'explique qu'il va faire le nécessaire, que la police va contrôler ma porte à chacune de ses rondes...

Une minute plus tard, Michel Charasse appelle à son tour. Je lui raconte aussi mon histoire, sans pleurs cette fois. Il me dit de dormir tranquille, que tout sera fait. De fait, des policiers sont bientôt là, en bas de chez moi, j'entends leur talkie-walkie... Je m'endors, plus épuisée que rassurée.

Le lendemain, je vais au commissariat de l'arrondissement faire la déclaration d'usage. Je ne sors plus de la journée. Le soir, et plusieurs fois dans la nuit, j'entends les policiers en patrouille s'arrêter devant l'immeuble.

Le jour suivant, un commissaire m'appelle et me demande gentiment de raconter une fois de plus ce qui m'est arrivé. Je m'étonne :

« Vous avez déjà ma déclaration... »

Il s'excuse, explique qu'il vient de prendre son service et tient à vérifier que rien n'a été oublié dans la procédure. Rodée à la bureaucratie française, je raconte une énième fois sans manifester trop d'agacement.

Quelques heures plus tard, nouvel appel, même commissaire : ils ont arrêté un suspect et il me demande de venir l'identifier… Je refuse, j'ai peur. Je ne veux surtout pas revoir cet homme. Le commissaire insiste, avec beaucoup de courtoisie. Finalement, j'enfile une veste, mets des lunettes, comme pour me protéger déjà du regard que je vais affronter, et me dirige vers le commissariat.

Sur le pont qui relie l'île Saint-Louis à la rive gauche, je suis surprise par le bruit d'un appareil photo. Rien à voir avec les Instamatic pour touristes en balade. Non, ce bruit-là, je le connais, professionnellement : le photographe travaille au moteur, très vite. Je me tourne vers lui, il mitraille encore. Je l'accoste, lui demande sèchement de me donner son film. Il rit et s'en va en courant.

L'agent du coin que j'appelle à l'aide ne comprend rien à mon histoire et s'éloigne en haussant les épaules. Je cours vers le commissariat. Je flaire le mauvais coup.

« Il n'y a pas de commissaire de ce nom dans la maison, ma petite dame… », me dit le gardien de la paix à l'entrée.

Et, bien sûr, personne ne m'a appelée de la journée… Un traquenard ! Depuis cinq ans que je connais François, je sais que l'on chuchote dans mon dos… Inévitable. Que faire contre la rumeur et la médisance ?

Mais, cette fois, le piège était bien tendu. Et je suis tombée dedans, comme une débutante.

Je rentre précipitamment chez moi et appelle Charasse. Comme prévu, il me dit qu'il n'y a qu'à attendre et voir.

Le surlendemain, je suis réveillée par un confrère rigolard qui m'annonce que je fais la une de *Minute*, pleine page et photo plein cadre : « L'amie suédoise de Mitterrand... ».

Sous sa manchette, la feuille de chou de l'extrême droite raconte que ladite « amie » a été agressée, que le président a fait bloquer toute l'île Saint-Louis, qu'on a même organisé une battue... Le paparazzo, lui, a bien fait son boulot : il y a assez de photos pour la une et les pages intérieures.

On nage en plein roman...

Un roman bien connu d'ailleurs, un best-seller signé Françoise Giroud et déjà adapté au cinéma : *Le Bon Plaisir*. La trame ressemble à s'y méprendre à ce que je viens de vivre : une agression simulée, un sac arraché, et dans le sac un papier qui conduit tout droit au président...

Une machination ? Une mise en scène, cet homme et son couteau, dans la nuit, sur le quai ? Je ne peux y croire. Non, j'ai été agressée. Une agression comme tant d'autres. Banale. Et insupportable, comme toutes les autres.

L'article de *Minute* a tout l'écho qu'il cherchait. Je ne peux plus sortir sans être importunée. Le téléphone devient un calvaire. Jusqu'au préfet de police qui demande à me rencontrer... pour entendre lui aussi tout ce qui m'est arrivé. *Minute* fait mieux : « L'amie suédoise » se retrouve dans toutes les boîtes aux lettres du quartier. Impossible d'aller chez le moindre commerçant sans croiser des regards suspicieux ou haineux.

Comment ont-ils su ? Qui leur a donné le « tuyau » ? Je ne le saurai jamais. Sans doute un des maillons policiers mis en branle par Charasse après l'agression.

Et François ? Il a beaucoup ri. Et s'est seulement dit flatté de m'avoir pour « amie »…

10

Culture pour tous

La fréquentation d'un homme qui a choisi de tutoyer l'histoire ouvre à bien des paradoxes. Le côtoyant de près, on raconterait sans peine les événements qu'il traverse, les bons et mauvais coups, les échecs, les succès. On dirait aisément cette vie au sommet, que la lumière incessante des projecteurs sèvre d'intimité. Quel intérêt ? Ce sont de petits riens, jour après jour, qui cisèlent l'homme. Aujourd'hui, je n'ai d'autres images de François que celles d'un sourire, d'un aveu, d'une faiblesse, d'une connivence secrète. Elles défilent devant moi, douce litanie de souvenirs qui se dévide à la Perec.

Je me souviens, oui… Il arrive et me tend une vieille écharpe tout élimée : « J'aurais dû t'acheter un vrai cadeau pour Noël, mais prends ça, c'est ma préférée, tu auras doublement chaud. »

Je me souviens… Il marche dans le parc de l'Élysée, caresse, comme toujours, la statue de Giacometti. Me demande si je la trouve belle.

Je me souviens… Nous sommes sortis par la grille du jardin. Les hommes de sa sécurité avaient dû mal comprendre et nous nous sommes retrouvés seuls dans la rue, comme deux écoliers en maraude. Il était ravi, mais cinquante mètres plus loin, m'a tout de même dit d'un ton gêné : « Faisons demi-tour... Ils vont se faire engueuler... » Nous avons dû longuement frapper à la grille avant qu'on nous entende.

Je me souviens... Des promenades sur les quais, de ces péniches transformées en lofts, non loin du Pont-Neuf. Il s'y arrêtait souvent, bavardait avec ces curieux mariniers dont il s'était fait des amis. Il m'avouait qu'il rêvait d'aventures, mais que pour rien au monde il n'aurait embarqué sur un voilier. Ce n'était pas tant le mal de mer que le mal du pays. Son goût des voyages ne lui avait jamais ôté le plaisir de retrouver la France natale.

« Tu pourrais devenir française ? » me demanda-t-il un jour ; aussitôt heureux que je lui réponde non. Il ne comprenait pas qu'on pût changer de nationalité. Aimer un autre pays que le sien, comme je pouvais aimer la France, bien sûr. Mais rien ne saurait effacer le sentiment d'appartenir à une terre, inoculé dès l'enfance.

Nous ne pouvions évidemment tout partager. Il appartenait à une époque que je n'avais pas connue. La guerre, la vie de prisonnier, quand je n'étais pas encore née... Et j'avais, moi, grandi dans un pays où la sécurité, la solidarité étaient des droits reconnus, non des revendications. Je venais d'une presqu'île, il était homme du continent.

J'aurais dû, en toute logique, être la naïve avide d'un monde meilleur, et lui le vétéran lourd de tant d'expériences. Pourtant, j'étais la pragmatique, doutant comme saint Thomas, et lui continuait de construire ses châteaux en Espagne, prêt au sacrifice des ans pour qu'advienne le socialisme.

Je suis née au bord de la mer, les tempêtes qui balaient les rochers gris font ma sécurité. Lui trouvait la sérénité dans ses douces collines, ses arbres feuillus et ses cours d'eau paresseux.

Notre entente n'était pas faite de connivence politique. Elle était tout entière dans l'intuition commune de ce qui compte et de ce qui ne compte pas.

Nous évoquions souvent les rochers de Korshamn, cette baie que j'aime tant, sur la côte ouest, au sud de Göteborg. Du granit rose, une mer parsemée d'îles. Il aurait aimé descendre, tôt le matin de la Saint-Jean, dans la vallée étroite où les sapins font place aux buissons d'églantiers, pour rêver devant l'eau tranquille, tachetée d'or.

En quinze ans, il n'a jamais réussi à dire Sverige – Suède en suédois – avec l'accent convenable, mais le bon élève se souvenait d'avoir appris la frontière maritime entre le Skagerak et le Kattegat. Mon pays est tout autant imprégné de Selma Lagerlöf et de l'histoire de Nils Holgersson, le petit garçon qui survole ses provinces sur le dos d'une oie, que du « modèle social » si cher à Olof Palme.

François ne rêvait pas de ce socialisme-là, terre à terre, sans lyrisme. Il ne débordait pas non plus de passion pour cet État-providence aux rouages si envahissants. De tout cela, il ne voulait guère pour les Français, et encore moins pour lui-même. Son monde à lui se conjuguait au passé. C'était sensible dans tout ce qu'il disait, faisait, aimait. Rien ne l'enchantait plus que de sentir sous ses doigts un objet poli, patiné par les ans, par l'histoire, par les hommes…

Par provocation, il refusait de se plier au temps, espérant toujours que le temps finirait par plier devant lui. Quoi qu'il ait pu accomplir, ce n'était pas, au sens commun, un homme d'action. Encore moins de confrontation. Il était, se voulait, placide, disait souvent qu'il préférait rester sur le rivage à contempler les vagues, plutôt que de les affronter. Il en allait de même face aux conflits, qu'il laissait volontiers pourrir, en espérant qu'ils se résoudraient d'eux-mêmes.

Les livres. La musique. Les maisons. Voilà ce qui, pour lui, comptait vraiment.

Il achetait des livres, il en écrivait. Qui lui prédisait un fauteuil à l'Académie trouvait immédiatement place de choix dans son cœur. Créer de nouvelles bibliothèques dans la moindre commune de France, réglementer le prix du livre pour le rendre accessible au plus grand nombre, ainsi nourrissait-il son rêve le plus cher.

François achetait aussi beaucoup de tableaux, fréquentait assidûment galeries et musées. Sous son impulsion, l'État devait tripler ses achats d'œuvres d'art, et il aimait qu'on sache, qu'on compte, les musées dont il avait fait commencer ou achever la construction.

Mais c'est surtout sa propre image qu'il entendait léguer à la postérité. Une étrange vanité l'incitait à se faire représenter par nombre de peintres et de sculpteurs.

Les séances de pose donnaient parfois de piètres résultats qu'on entassait contre un mur de la salle de séjour, dans l'appartement privé de l'Élysée. Mais lui les contemplait avec un ravissement dépourvu de sens critique.

Certains sujets lui étaient particulièrement familiers, par culture ou par usage d'une intuition suraiguë. D'autres lui étaient bien plus étrangers, mais il avait fini par les apprivoiser, jusqu'à en faire parfois une affaire exclusive : ainsi de la défense nationale et surtout nucléaire, dont il avait été si longtemps l'adversaire… Ainsi, dans une moindre mesure, de l'économie, à laquelle il rechignait tant. Quand il ne se sentait pas à l'aise, qu'il maîtrisait mal les implications des choix proposés ou ne saisissait pas l'importance des passions qu'ils soulevaient, il devenait une proie facile pour des conseillers plus ou moins avisés.

Mais quand il sentait bien une question, il savait tout de suite qui saurait la défendre. Ce fut Robert Badinter pour abolir la peine de mort. Et bien sûr Jack Lang pour incarner une politique culturelle jeune et audacieuse.

Les détracteurs de Lang – il n'en manquait pas – se plaisaient à pointer la minceur de son palmarès quand il s'avisa d'approcher l'écurie Mitterrand : le festival de Nancy et une intervention, ratée disaient-ils, au théâtre de Chaillot. Rien de bien flambant.

Mais François ne les avait pas écoutés. Boucles au vent, peau grumeleuse, Jack, avec ses airs d'adolescent trop vite grandi, ses chemises roses et ses costumes Mugler, ses mains manucurées et ses brushing, avait tout pour attirer les jeunes… et leur bulletin de vote. Il n'avait pas d'égal dans le brio et les relations publiques, ne lésinait jamais sur les superlatifs, et ne reculait devant aucun poncif, pour célébrer les grandeurs de la culture ou celles… de François Mitterrand, l'homme qui fait passer la France de l'ombre à la lumière… Derrière tout ce bagou se cachait une personnalité efficace et compétente. Et derrière encore, une épouse, Monique, dont nul n'allait bientôt ignorer l'habileté, l'entregent et parfois la rudesse. Jack créait, elle régentait.

Le doublement généreux du budget de la culture (de 3 à 6 milliards la première année), décrété par le gouvernement de Pierre Mauroy, donnait bien entendu au ministre ainsi richement doté plus de chances qu'à aucun de ses prédécesseurs de faire parler de lui, et de la culture française. Mais c'est surtout son sens inné du show-bizz et le soutien inconditionnel que lui apportait François Mitterrand, qui ont fait de Jack Lang une véritable star. Pour les artistes français, c'était Noël tous les jours ! Et combien de journalistes étrangers ont raconté ce bonheur survenu en France à l'intention de leurs propres gouvernements, bien pingres dès qu'il s'agit de dépenser pour la culture. Tout y passait, des subventions plus que doublées à la musique et à la danse au grand Opéra Bastille, avec ses deux salles, des nouveaux conservatoires de Paris et de Lyon à la construction du Zénith… La France montrait que la culture pouvait devenir l'affaire de tous.

L'Europe, c'est vrai, accueillait avec satisfaction la pugnacité anti-américaine de Jack Lang, son soutien acharné à la production française, multipliant par sept l'aide au cinéma français par rapport au septennat de Valéry Giscard d'Estaing.

Tout devenait culture dans les années quatre-vingt. La BD avait sa grand-messe à Angoulême, la photo son école à Arles, la mode son musée à Paris. Mais le cirque, le rap, la cuisine étaient également élevés au rang d'œuvres culturelles.

Bref, la vie était culture, et Jack Lang était son prophète. Il n'en doutait pas d'ailleurs, laissant même produire, ai-je lu, un modèle de chemise en soie griffée « J'aime Jack Lang » et vendue 700 francs pièce.

Invitée un beau jour à une conférence dans le grand auditorium de la Sorbonne, je me demandais ce que Sophia Loren, Kenneth Galbraith, Graham Greene, Sean McBride et Volker Schlöndorf pouvaient avoir de réellement commun, sinon de figurer au casting d'un grand show signé Lang. De fait, en compagnie de trois cents autres célébrités du gratin de la culture, de la finance et de la science, ils étaient appelés, aux frais du contribuable, à débattre des rapports entre création et développement dans un contexte de crise internationale.

Dans cet auditorium où, quinze ans plus tôt, par un joli mois de mai, on jurait de mettre « la culture dans la rue », ladite culture, estampillée socialiste et sévèrement filtrée par des gardes aux aguets, arrivait en limousine et portait fourrure… Je m'attendais à des assauts de lieux communs. Rien n'est venu me détromper. Est-ce bien William Styron, l'auteur du *Choix de Sophie*, que j'ai entendu parler ce jour-là, confit de reconnaissance : « Merci, monsieur le Président, dit-il. Merci, monsieur le ministre de la Culture, de m'avoir invité ici. J'adore Paris, je suis ravi d'être ici. Et en plus j'ai enfin pu prendre le Concorde ! »

Jack Lang ne devait pas seulement veiller à ce que la France fût baignée de culture. Il devait aussi entraîner le président vers de nouvelles et inédites aventures. François put ainsi rencontrer des artistes, le petit monde du show-bizz, des jeunes et encore des jeunes, dans des circonstances qui toujours le mettaient en exergue. Ainsi satisfaisait-il son besoin d'être aimé quand, en d'autres lieux, tout tenait tant de luttes harassantes. Que les revers se multiplient, que les médias se déchaînent, et il se réfugiait dans les paillettes et le dévouement affecté, fût-ce pour quelques heures.

Pour les Français, la culture était devenue, au cours de ces années, plus populaire, plus ouverte, plus accessible. La Culture avec un grand C, labellisée par ses académies, n'avait plus le monopole. Celle des jeunes, faite de rock ou de bande dessinée, avait désormais droit de cité.

Hors de l'Hexagone, ce sont surtout les grands projets architecturaux qui ont fait couler beaucoup d'encre. François avait presque toujours, sur une table de son bureau, à l'Élysée, une maquette de l'un de ces chantiers.

La pyramide du Louvre, dessinée par le Sino-Américain Pei, comme la Grande Arche de la Défense du Danois Spreckelsen, lui plaisaient particulièrement pour la simplicité de leurs lignes et leur géométrie parfaite. La Cité de la Musique à la Villette, un chef-d'œuvre de Christian de Portzamparc, l'Opéra Bastille de l'Argentin

Carlos Ott, l'Institut du monde arabe de Jean Nouvel, et la Très Grande Bibliothèque confiée à Dominique Perrault, étaient au bout du compte des projets qui lui tenaient plus à cœur que bien des réformes sociales. Il adorait visiter les chantiers, me demander mon avis, même si, bien sûr, toute discussion devait lui donner le dernier mot.

Pourquoi une telle frénésie à bâtir ? Pour sa propre gloire ? Était-ce bien, comme l'affirmaient ses adversaires, une architecture de prestige, de grands ouvrages froids, mausolées d'un homme et de son époque ?

« Évidemment qu'on a envie de laisser une trace dans la pierre, admettait François, mais l'architecture est surtout pour moi le plus grand des arts : elle seule concilie, unifie l'élan esthétique et la vie en société. Nos villes ont trop souvent été conçues en ne pensant qu'au profit. Moi, je veux rendre à l'architecture le rôle central qu'elle occupait autrefois, cet art, cette volonté d'établir un lien naturel entre l'homme et ce qu'il a construit. »

Bilan ? Oui, François Mitterrand aura, moyennant 20 milliards de francs, parsemé Paris de nouveaux monuments prestigieux. Mais autour, plus loin ? Des banlieues délabrées, ravagées par la violence, devenues grains à moudre pour un Le Pen.

J'ai eu l'occasion d'en parler avec François lors d'un voyage en Amérique du Sud, en octobre 1985.

La première escale du voyage était Brasilia, la capitale du Brésil qui a tant fait couler d'encre. Nous fûmes surpris par une ville déprimante et délabrée, où les bâtiments, comme jetés là, étaient trop éloignés les uns des autres. Des barres se dressaient telles des colonnes staliniennes et des sentiers trop piétinés traversaient les pentes couvertes d'une herbe mal entretenue, révélant la réaction des habitants au tracé rectiligne des rues et des routes, si élégantes sur le calque de l'architecte.

Au niveau de la rue, les maisons n'étaient que des taudis, et les habitants de Brasilia avec qui j'ai pu parler se plaignaient tous de l'insuffisance des transports en commun et des distances énormes qu'ils étaient obligés de parcourir à pied.

On les voyait marcher le long des collines brûlées ou former de longues files patientes, guettant un bus qui n'arrivait jamais. Nous comparons nos impressions avant le dîner. François se lance dans un grand plaidoyer :

« Le socialisme, c'est pour moi la ville. Ou bien les socialistes seront capables de retrouver une forme de vie authentique dans la ville, c'est-à-dire une forme pour l'architecture, l'urbanisme et l'échange culturel, et donneront ainsi peu à peu naissance à une nouvelle société. Ou bien les socialistes ne trouveront pas cette forme, et alors nous allons assister à une montée de la criminalité, du désespoir et des suicides. Cela entraînera un manque d'intérêt pour la politique. Et le pouvoir risquera de se retrouver entre les mains de groupes organisés, peu nombreux et minoritaires certes, mais très puissants.

« Les agglomérations, poursuit-il, ont rapidement transformé des millions d'hommes en individus isolés, anonymes au milieu de la foule. On n'a plus de liens avec le passé. Chacun est abandonné, avec ses liens brisés, jusqu'à la disparition de toute forme de société.

« Une ville ne peut pas se créer de cette façon, me dit-il en reconnaissant que Brasilia l'avait déçu. Elle doit croître naturellement. La seule action des politiques est de suivre son évolution et d'apporter ce que ne peuvent créer les intérêts capitalistes et la nécessité d'avoir un toit. »

Pendant ce voyage au Brésil, je me suis rendu compte à quel point beaucoup de socialistes des hautes sphères restaient éloignés de la réalité.

Un jour, avec quelques ministres et conseillers, je suis invitée à déjeuner par le directeur de la grande chaîne de télévision brésilienne TV Globo. Nous nous trouvons tout en haut d'un complexe en verre, avec une vue extraordinaire sur la mer. Je commence à parler avec Georgina Dufoix, à l'époque ministre des Affaires sociales. Après avoir échangé nos impressions sur les taudis brésiliens, nous passons aux banlieues de Paris, de Lyon et de Marseille.

Je lui demande : « Pourquoi ne faites-vous pas plus d'efforts ? Ne voyez-vous pas ce qui se passe ? Vous êtes confrontés à un problème gigantesque, une poudrière, et vous en parlez à peine ! Vous dites seulement que vous allez rester un pays tolérant et ouvert aux immigrés. Très bien, mais n'oubliez pas que vous avez aussi une population française en grande difficulté et qui se considère totalement négligée. Vous ne pouvez pas vous pencher sur certains problèmes et en mettre d'autres au placard. Ces gens-là votaient communiste hier, demain il est peu probable qu'ils votent socialiste, ce sera plutôt le Front national... »

Les conseillers du président, Jacques Attali et Jean-Louis Bianco, se mêlent à la conversation. Tous trois me répondent : « On fait tout ce qu'il faut. On consacre aux banlieues toute l'attention, tous les efforts économiques et sociaux nécessaires. »

J'évoque le développement du racisme et de l'extrémisme, qui font le lit de la haine et de l'abandon, et j'évoque une génération en perdition dans les déprimantes banlieues de Paris et de Lyon. Mes voisins de table me répondent que je ne suis pas française, et que je ne peux donc pas comprendre ces questions.

*

La politique de la ville menée par les socialistes a été contestée comme la politique culturelle :

Oui, la réglementation du prix des livres aura sauvé quelques petits libraires et quelques écrivains de second ordre. Mais le nombre de Français qui lisent a-t-il augmenté ?

Oui, le cinéma français, à coups de subventions, est devenu le premier producteur d'Europe, mais ses salles se vident inexorablement. Oui, les festivals de musique se suivent et se ressemblent, mais ni le public ni les possibilités de formation n'ont vraiment progressé.

Oui, les images et les ondes ont été « libérées », mais, comme en Suède, leur développement se mesure aujourd'hui en budgets de pub et en scores d'audimat.

Tout n'était-il donc que chimère ?

Non, c'était une fête. Comme toutes les fêtes, elle avait une fin. C'était un prince qui distribuait ses largesses. Comme tous les princes, il ne régnait qu'un temps.

Aujourd'hui, le budget de la culture est au régime. Les Français se réveillent à la culture une fois l'an, pour la journée du Patrimoine. Alors, châteaux et palais officiels ouvrent grand leurs portes au bon peuple. Une queue interminable se forme sur le trottoir qui longe l'Élysée. Le locataire, lui, a pris la fuite.

Promenades

Pourquoi se souviendra-t-on des promenades de François Mitterrand ? N'était-ce pas, après tout, que le jogging de son âge ? Clinton court sur les plages, Mitterrand marche sur les quais...

Mais non, on en fit un mythe. Lui n'y voyait qu'un rite. La canne, le chapeau noir, l'ami du jour... Image consacrée du président promeneur.

Soyons honnêtes, n'est-ce pas aussi de tant manquer de fantaisie que ces promenades finirent par faire style ?

François ne se promenait pas comme moi. Ce n'était pas la curiosité qui le guidait. Il ne cherchait pas la découverte, seulement les retrouvailles. Rien d'un fureteur en quête de nouvelles rues ou de nouvelles maisons. Rien d'un randonneur ouvrant de nouveaux chemins vers de nouveaux panoramas.

Non, le même émerveillement enfantin le faisait, jour après jour, année après année, remonter le boulevard Saint-Germain, traverser la place Saint-Sulpice, admirer les mêmes vieux bateaux à quai, du côté du Pont-Neuf. Éternel touriste fraîchement débarqué dans sa propre ville.

Les compagnons de promenade étaient là pour lui éviter d'être seul, sans plus. Sinon, parfois, tester des idées ou se laisser aller aux bavardages. Quand l'heure était venue, il songeait un instant à qui l'accompagnerait : président en détente cherche personne intelligente, cultivée, avec humour de préférence… Il fallait bien éliminer, car les candidats arrivaient au pas de course. Peu sans doute avaient un tel goût pour la promenade, mais aucun n'aurait laissé sa place.

Il y avait Paris, bien sûr, mais aussi Solutré, en pente raide, Latche, au milieu des pins, et Venise, et l'Égypte… Tous lieux unis par un rituel toujours répété.

Venise ? Le rythme, l'architecture le fascinaient, cette vie hors du temps, ces dédales, ce désordre harmonieux, l'illusion d'un siècle qu'il sentait sien. Le flegme aussi, le romantisme, le don de tout dramatiser avec le même humour désarmant. Venise se moquait bien de Paris, me dit-il, et sur l'une de ses îles, dans la maison d'un ami, il retrouvait le monde de Julien Gracq, près d'une mer sans marées, dans une lumière qui échappe au temps.

Il aimait voyager, mais disait vite son envie de rentrer chez lui. En voyage officiel, j'ai souvent entendu ses proches moquer gentiment sa prédilection pour les tombes. D'Égypte en Inde, c'est vrai, il allait de tombe en tombe. Les Pyramides, Louqsor, Assouan, le Taj Mahal, et Ellora, dans le Sud indien, ce temple sur un rocher…

Une fixation sur la mort ? Balivernes !

François se plaisait à entretenir les clichés et grognait aussitôt de l'importance qu'on leur accordait.

Il aimait simplement l'art de bâtir, y trouvait, me disait-il, de quoi nourrir ses pensées sur la fragilité des choses, la précarité des hommes, le pouvoir, l'autorité, la marche de l'histoire.

Le rituel, les symboles, l'immortalité le fascinaient. Évoquant sa propre mort, il reconnaissait volontiers l'envisager avec la même aversion que tout le monde. Il aurait aimé croire à une suite, mais la raison l'en empêchait.

11

Un solitaire de bonne compagnie

François était un solitaire avide de compagnie.

Être, au milieu des foules, le centre de toute attention le faisait jubiler. L'éloge appuyé, la poignée de main insistante, l'accolade empressée, le remerciement obséquieux devenaient pour lui, par une sorte d'exaltation momentanée, autant de signes de sa puissance. Combien de fois l'ai-je vu saisi du même ravissement, dans un de ces cénacles mondains où l'on frissonne de côtoyer le pouvoir, ou dans le bain d'une foule emportée par l'enthousiasme…

De réception en inauguration, d'inauguration en visite officielle, de visite officielle en conférence solennelle, partout, je le sentais bien, tant de compliments sonnaient faux, tant de sollicitudes suaient l'intérêt. Lui, sur l'instant, n'y voyait que du feu. Plus tard, si nous en parlions, il admettait qu'en effet tout cela était spectacle, qu'il n'en était que la tête d'affiche, pour un temps…

Sa fatuité ne l'empêchait pas de vouloir toujours s'assurer que son image restait bien celle qu'il avait dessinée, ciselée, pour plaire aux Français. Il éprouvait, chaque jour, le besoin de tester son charme. Il le mettait à l'épreuve sur quiconque n'avait pas encore eu l'occasion d'y succomber, mais aussi sur tous ceux qu'il savait attachés à sa cause, que ce fût par parenté, amitié, sympathie politique ou reconnaissance prébendière.

Séducteur né et timide avéré, il mettait autant d'application, autant d'habileté, à convaincre femmes et hommes, jeunes et vieux, intellectuels et gens simples, Français et étrangers. D'abord et avant tout pour se conforter dans son image, celle qu'il s'était lui-même forgée et que les médias avaient affinée.

Autant il aimait donc se frotter à la foule, autant je détestais cela. Le hiatus eut parfois de curieuses conséquences. Ainsi voulait-il à tout prix que j'assiste à la cérémonie officielle du 14 juillet et à la *garden party* traditionnelle qui suivait dans les jardins de l'Élysée. Je devais donc revenir de Suède pour l'occasion et prendre à la loge du palais le laissez-passer qu'il m'avait fait attribuer pour accéder à la tribune officielle. « On se verra dans le parc », me disait-il, sans même penser que cela, bien sûr, tenait de la pure gageure.

Car le parc, ce jour-là, c'était le métro aux heures de pointe, revu et corrigé en version cocktail, tailleur d'été, capeline et uniforme de rigueur… Merveilleux lieu de rendez-vous, au milieu d'une cohue indescriptible livrée au sport favori de l'heure : approcher le président, le toucher peut-être, lui parler si Dieu le veut. Seul le cocon protecteur des gardes du corps lui évitait d'être étouffé par cette foule où tant de faux amis jouaient des coudes pour échanger enfin deux ou trois banalités en priant le ciel qu'un photographe viendrait immortaliser l'instant.

Moi, j'aurais préféré dénicher Erik Orsenna, conseiller du Prince qui, à en croire son roman *Grand Amour*, draguait des femmes éblouissantes au milieu de ce tohubohu. J'aurais au moins pu rire de ses exploits. Mais non, chaque fois je restais là, plantée sous les feuillages, me sentant exclue, ridicule, trop fière en tout cas pour me frayer un chemin jusqu'à celui autour duquel tous se bousculaient. Résultat : on ne se voyait pas, bien sûr, et il ne pouvait me fixer rendez-vous pour le lendemain, pour une promenade ou un dîner. En fait, j'avais déjà quitté Paris. Au téléphone, nous nous promettions simplement de mieux nous organiser l'année suivante.

L'amitié qui nous liait a inévitablement nourri les ragots, surtout ceux de mes confrères journalistes. D'où, bientôt, nombre d'invitations à dîner, où l'on attendait de moi quelques-unes de ces confidences que Paris aime à colporter. Le plus souvent, quand je prenais congé, tout le monde, mes hôtes autant que moi, se retrouvait fort déçu. Être jeune, femme et journaliste, ouvre vite les portes des salons qu'on dit en vogue. Je m'en suis amusée les premiers temps, quand j'en étais aux découvertes. Mais, les règles du jeu vite apprises, entendant revenir piques et mesquineries, j'ai commencé à comprendre pourquoi François me disait si souvent qu'au-delà de quatre ou cinq, tout échange devient impossible. « Ça tourne au bavardage, m'expliquait-il. Si tu veux vraiment profiter de quelqu'un, vois-le en tête à tête.

C'est la seule façon d'éviter les banalités et de perdre ton temps. »

*

De fait, François Mitterrand privilégiait autant que possible ces entretiens directs et personnels. A l'Élysée, le visiteur s'arrêtait d'abord à la loge des gardes, à gauche du grand portail. Après un contrôle d'identité sévère, le capitaine de gendarmerie pointait sa liste et donnait un billet au nouvel arrivant qui, évitant le gravillon de la cour, assez pointu pour achever une paire d'escarpins, gagnait le perron par un trottoir étroit longeant l'aile gauche du palais. En haut des marches, l'attendait un adjudant qui, prenant le billet, conduisait le visiteur jusqu'à l'antichambre en traversant le hall supérieur sous le regard du Général, accroché au mur.

François Mitterrand se plaisait à prolonger l'attente de ses visiteurs. La plupart, voyant le temps passer, imaginaient d'importantes réunions avec ministres, conseillers ou émissaires étrangers. Rien de tout cela, bien souvent : le président était seul et travaillait sur des dossiers qui, sans doute, auraient souffert d'être examinés un peu plus tard.

Chaque matin, le chef de l'État trouvait sur son bureau la liste de ceux qu'il devait rencontrer avant le soir. Après chaque entretien, il cochait un nom. Entre l'antichambre et le bureau présidentiel, il fallait encore traverser l'antre de Jacques Attali. Quand, enfin, l'adjudant vous introduisait dans le saint des saints, vous n'aviez plus qu'à attendre que le président veuille bien choisir de vous recevoir côté salon – une chaise trop dure, tandis qu'il prenait place dans le coin gauche du canapé Louis XV – ou côté bureau, une chaise devant lui, qui décidait de ne point bouger.

Quand François put enfin obtenir un canapé et des fauteuils bleu marine plus confortables, signés Paulin, il abandonna, fait étrange, les entretiens dans le coin canapé pour rester derrière son bureau où il ne se gênait guère pour continuer de lire et signer quelque papier pendant que son interlocuteur exposait l'objet de sa visite.

Le bureau, que Charles de Gaulle avait aussi choisi d'occuper, était une grande pièce aux lambris dorés, ornés de vastes miroirs. De grandes portes-fenêtres ouvraient sur le parc. En été, la chaleur devenait vite insoutenable, mais François refusait de faire installer une quelconque climatisation.

Sur la cheminée, derrière son bureau, il avait posé des photos jaunies de son enfance charentaise et toutes sortes de petits cadeaux ou d'objets qu'il avait amassés pendant ses promenades. Les photos privées, elles, étaient cachées entre les livres. Sur le bureau, l'éternel Waterman à l'encre bleu foncé et un coupe-papier en bois, dont nul n'aurait deviné qu'en Suède il coupe le beurre. Tout semblait immuable, mais à de petits riens, un bibelot déplacé, une photo redressée, on devinait qu'une fois seul le président touchait à ses trésors...

Les journées de travail étaient longues. Très consciencieux, François lisait tout ce qu'on lui soumettait avant d'y apposer sa signature. Peu à peu, il s'était lassé des mondanités et passait soirées et week-ends seul. Avec ses livres, ses dossiers et ses chiens.

Ce n'était pas un de ces bourreaux de travail, pour qui rien d'autre ne compte réellement. Lui, était capable de jouir de la vie, en parfait égoïste. Mais ses vrais plaisirs supposaient la solitude, pour mieux se consacrer à la lecture, à l'écriture, à la nature.

Cette relation purement sensuelle à la vie le distinguait du profil classique de bien des socialistes. Il comprenait l'erreur, pardonnait au pécheur, mais ne pouvait comprendre que l'on n'ose pas vivre pleinement sa vie.

Sa hauteur de vue, son sens de l'histoire, son expérience des hommes l'empêchaient de souscrire totalement à un programme, encore moins à un parti pris qui condamnerait un adversaire. Mais il pouvait haïr qui lui manifestait, du moins le croyait-il, une attitude hostile. Sa critique pouvait être dévastatrice, mais il était trop tolérant, trop individualiste pour rester fidèle à une quelconque idéologie. C'était un loup solitaire, et s'il avait choisi de diriger un parti, c'était d'abord pour atteindre ce pouvoir qu'il convoitait tant.

Il avait été une douzaine de fois ministre sous la Quatrième République, temps béni des chasseurs de maroquins. N'était-il donc qu'un arriviste dont la soif de pouvoir passait avant toute conviction ? Il éludait si je lui en parlais, n'évoquant que son amour pour la France, sa volonté de servir la nation.

Quand de Gaulle revient au pouvoir, en 1958, François Mitterrand est déjà un vieux routier de la politique, riche d'expériences et de connaissances. Il n'ignore plus grand-chose de ce qui fait bouger les hommes, changer les sociétés. Et c'est en fin de compte le harcèlement incessant de la droite qui, peu ou prou, le mènera vers la gauche.

Il n'était pas né socialiste, n'avait jamais été marxiste. Mais il allait devenir ce bon social-démocrate que j'avais plaisir à taquiner, ce qui l'insupportait.

Dans la vague de critiques qui déferla sur lui à la fin de son second septennat, et même après sa mort, on lui sut quand même gré de ne pas avoir retourné sa veste du jour où il avait opté pour le socialisme. Ce choix fait, on lui reprochera surtout de ne pas suivre la voie toute tracée des carriéristes et leur mécanique de robots. Lui a toujours tenu à préserver sa liberté, portant un regard personnel sur toute question nouvelle qui venait à surgir.

Il était servi par une grande intuition, sentait ainsi plus vite et mieux que d'autres les courants qui traversent une société, et admettait mal qu'une majorité de Français pût, à l'occasion, ne pas partager l'une ou l'autre de ses grandes convictions. Ce fut le cas, par exemple, lors de l'abolition de la peine de mort.

*

Robert Badinter qui, plus que François Mitterrand lui-même, allait incarner cette loi d'abolition, est un juriste plein d'élégance et de distinction. Riche, à la tête d'un des cabinets les plus réputés de la capitale, il avait eu l'occasion de défendre, à plusieurs reprises, des hommes que menaçait la guillotine.

D'origine juive, il avait 14 ans lorsque les nazis avaient emmené son père, et bon nombre de ses proches avaient péri dans les camps de la mort.

Badinter était, comme pas mal d'autres dans l'entourage de François, un esthète raffiné, multimillionnaire dont le cœur penchait à gauche. Son épouse, Élisabeth, fille du plus célèbre publicitaire français, soignait son image d'intellectuelle sans apprêt, jupe écossaise et talons sages. Ils fréquentaient l'intelligentsia parisienne et habitaient, comme il se doit, face aux jardins du Luxembourg, quartier d'élection de cette gauche méchamment baptisée caviar, aux sentiments toujours généreux mais à la connaissance fort lointaine de ce qui fait la vie des gens ordinaires.

Il m'est arrivé de me quereller avec Robert Badinter quand cette ignorance-là heurtait par trop mon sens des réalités les plus simples. Ainsi entreprit-il un jour de m'expliquer pourquoi les cambriolages de résidences secondaires augmentaient tant : il y a plus d'acquéreurs, me disait-il, mais aussi plus de pauvres. Logique que les derniers se servent chez les premiers... Et il n'avait pas de mots assez cinglants pour fustiger les petits propriétaires pressés d'armer leur fusil ou de piéger le pavillon acquis à la sueur de leur front. Belle argumentation... pour qui a les moyens de se payer un gardien pour veiller à demeure sur son beau moulin.

De même, les victimes des actes de terrorisme, qui avaient formé leur propre organisation, n'ont jamais rencontré chez lui une oreille très attentive. Quand elles ont demandé à l'État réparation d'invalidités souvent dramatiques, le ministre de la Justice s'y est opposé, estimant juridiquement impossible d'établir les responsabilités. Lesdites victimes attendront le retour de la droite au pouvoir pour avoir gain de cause.

Reste que les efforts de Robert Badinter pour moderniser le Code pénal et humaniser un régime carcéral indigne d'un pays civilisé en font sûrement l'un des ministres les plus importants du double septennat. Mais l'homme n'a jamais été tout à fait à son aise en politique. « Vous savez, me dit-il un jour, la première fois que j'ai assisté au Conseil des ministres et que j'ai entendu mes collègues, je me suis dit que j'étais sans doute le seul autour de la table à ne pas être labellisé de gauche. Un an plus tard, en les écoutant toujours, je me dis que je suis le seul à l'être resté ! »

Robert Badinter a parfois été considéré, à tort, comme l'un des amis intimes de François Mitterrand. Il ne l'était pas, pas plus que bien d'autres, qui pour les non-initiés semblaient appartenir au sillage même du président. François appréciait Badinter et son épouse, mais c'était un lien d'ordre intellectuel, qui maintenait entre eux une distance courtoise, un seuil qui n'a jamais été franchi.

*

Deux portes s'ouvraient derrière le bureau du président. La première menait vers celui qu'occupaient ses quatre secrétaires. La seconde, par un vestiaire et un couloir, vers ce qui avait été, autrefois, la salle de bains d'Eugénie de Montijo, transformée en un petit cabinet riche de dorures. De ce cabinet partait un autre couloir, dont une porte donnait accès à la bibliothèque des appartements privés.

Cette porte-là était fermée à clef. François en cachait la clef sur le chambranle et avait interdit aux membres de sa famille de l'utiliser, les obligeant à passer par l'entrée officielle, en empruntant un autre escalier.

En quatorze ans, cette bibliothèque n'a jamais été vraiment mise en ordre. Sur ses étagères modernes, un peu de travers, s'empilaient les livres que François recevait, accompagnés de dédicaces flatteuses. On y entassait aussi une multitude de portraits du président, plus ou moins flatteurs ceux-là, et de cadeaux officiels reçus pendant ses voyages.

Mais les livres qu'il lisait vraiment se trouvaient dans sa chambre, sobrement dessinée par Willmotte. Les murs, dans les tons beige clair, étaient couverts de rayonnages du sol au plafond. Là, François rangeait tous lcs livres achetés au fil de ses flâneries chez les libraires d'occasions à Paris. Des éditions originales, quand il pouvait se les offrir. Essentiellement de la littérature française : Lamartine, Chateaubriand, Zola, Romains...

Sur les tablettes des fenêtres, quand il restait encore de la place, François entretenait son jardin secret, comme un enfant accumule ses trésors. Pas le moindre objet précieux, sinon pour les sentiments. Une vieille photo de lui et de Palme, datant de bien des années, une autre de Reagan, dûment dédicacée. Un dictionnaire suédoisfrançais, un petit carnet d'esquisses dans lequel il n'osait pas se lancer, malgré une veine artistique héritée de sa mère.

Il y avait aussi des bibelots rapportés des voyages ou des cadeaux d'amis de longue date. Et puis toutes les sphères qu'il m'avait demandé de chercher pour lui en Suède, aux puces ou chez les antiquaires. Je lui avais demandé, un jour, s'il y avait encore quelque chose qu'il n'avait pas dont il rêvait vraiment. D'année en année, cela avait fini en collection hétéroclite de boulets de canon, presse-papiers, boules de pétanque et pierres naturelles.

En quatorze ans de pouvoir, il avait reçu bien d'autres choses. Tapis d'Orient, tigres empaillés, coupes en cristal, écrins sertis de joyaux. A Château-Chinon, comme à Jarnac, il avait ouvert des musées et leur avait légué la plupart de ces présents officiels.

Mais n'en avait-il pas escamoté quelques-uns, comme son prédécesseur ébloui par des diamants ? Certains ne manquèrent pas de chercher, et crurent avoir trouvé. Guengini, un étalon rare, offert par le président turkmène avait disparu… Depuis un an, personne ne l'avait vu ! Même hors du jeu politique comme il l'était alors, François Mitterrand restait une cible idéale. L'étalon ferait donc l'affaire pour qui aimait jouir de ce climat délétère… Las ! Il s'avéra que Guengini, après une longue quarantaine à Moscou, avait été si malade qu'il avait fallu faire appel aux services vétérinaires. De plus, il était si difficile à maîtriser qu'il avait fallu le dresser, avant de pouvoir l'installer dans les écuries officielles de la République, près du château de Rambouillet. On montra donc le cheval dans la cour de la Garde républicaine, près de la Bastille, François se contentant de commenter d'un ton aigre : « Pourquoi ne me demandent-ils pas aussi ce que j'ai fait de la girafe, de l'éléphant et du panda… ? »

Plus rien ne passait, décidément, entre le président et les médias. Tout n'était plus qu'incompréhension mutuelle.

Mais que François comprenait-il encore de la vie hors du palais, des sommets, des entretiens politiques et de ses promenades à Latche ? Il avait si longtemps vécu dans ce monde artificiel, coupé des réalités quotidiennes, que les préoccupations des gens ordinaires finissaient par lui sembler affaires sans importance.

Il vieillissait. Que savait-il de tout ce qui avait changé, si vite, autour de lui ? Avait-il même entendu parler du rap, des Game Boy, des pizzas à domicile, lui qui ne supportait pas un « okay », puisque le français sait dire « d'accord » ?…

Il se servait de Jack Lang pour vanter le hip-hop, et le bon ministre faisait danser la France au solstice d'été. De Bernard Kouchner pour les bonnes causes humanitaires, et le « french doctor » posait en Somalie, pieds dans l'eau et sac de riz sur le dos…

Mais les années quatre-vingt-dix n'étaient décidément plus les siennes. Il était loin de ces Français zappeurs qui s'endormaient au Témesta et se réveillaient au Prozac. Loin de cette province aussi, dont les villages, les églises s'étaient vidés. Et même loin de ces vieux, qui retournaient toujours leur potager, mais qui avaient abandonné le marché pour le Mammouth du coin.

Les jeunes ? Ils avaient le chômage devant eux. Trop de pluie avait délavé la jolie fête de la Bastille.

12

Le maçon du Vieux Continent

Le message sur le répondeur était plutôt aigre : « Mais tu n'es donc jamais chez toi ? » Question d'habitude !

En fait, quoi qu'il en dise, j'étais bien trop souvent chez moi. La mode n'était pas encore aux Tam-Tam, Bip et autres portables. Et fréquenter François, c'était aussi supporter sa négligence proverbiale, ses petites promesses sans suites. Il fallait donc prendre son mal en patience et attendre le coup de fil prévu pour fixer l'heure du déjeuner ou de la promenade.

De temps en temps, il s'énervait. Me voir vivre ainsi, normalement, sans véritable contrainte, le rendait curieux. Il voulait tout savoir. De mes amis parisiens – qui sont-ils, que font-ils ? –, de mes week-ends, de mes reportages, de l'état de mes finances… « Et avec qui parlais-tu ? Ta ligne était occupée. » « Et pourquoi ne laisses-tu pas un moyen de te joindre sur ton répondeur quand tu t'en vas ? »…

Il me fallait aussi, bien sûr, dire si j'étais heureuse. Seule ? Amoureuse ? Répondre que je n'avais pas de comptes à rendre l'agaçait au plus haut point. Ses questions n'avaient rien d'indélicat… Tout cela était très désintéressé, simple gage d'amitié…

Au début, c'est mon histoire qui le titillait. Où avais-je donc grandi ? Qu'avais-je fait ? Qu'est-ce qui m'avait menée jusque-là ?… Longues digressions sur les mérites comparés de l'éducation à Jarnac et à Göteborg… Europe protestante contre Europe catholique. Il était fasciné par cette culture luthérienne qui accumule tant de fardeaux sur les épaules de l'homme jusqu'au jour du Jugement, son éternelle mauvaise conscience qui réprime la joie de vivre, oblige à assumer ses actes avant même de les avoir commis. Je comparais, un brin envieuse, avec les mille avantages de la confession catholique : quelques mots qui délivrent et on continue, le passif effacé… Nous nous amusions à transposer tout cela dans le petit monde politique.

Il voulait tout connaître aussi de mes voyages. D'étudiante, puis de journaliste. Il me cuisinait, voulant savoir comment une femme, dans ce métier, pouvait éviter de tomber amoureuse de ses « héros » de rencontre, hommes de pouvoir et faiseurs de guerre, hommes de l'art et conteurs d'histoires. Je ripostais, l'interrogeais moi aussi sur ses amours. On lui en prêtait tant… Pas une femme de son entourage qui ait échappé au soupçon, au ragot parfois. Il soupirait, gommait un sourire satisfait : « Ah ! Si j'avais eu le temps, la force, d'en connaître seulement la moitié… C'est vrai que j'ai vécu longtemps… » Il ne pouvait s'empêcher d'ajouter : « On ne prête qu'aux riches… »

Mais dans son monde, les femmes actives, indépendantes, sans homme pour payer les factures et s'occuper du garagiste avaient quelque chose d'étrange. Si je pestais de n'avoir pas le temps de tout faire, alors que lui pouvait se moquer des obligations domestiques, il me regardait et répondait, vexé : « Dis donc, moi, j'ai fait mon lit jusqu'à 28 ans ! » Et s'étonnait encore de me voir rire…

Il était stupéfait de me voir rentrer en Suède d'une seule traite – 1 500 kilomètres – pour éviter de faire étape en Allemagne et retrouver le Sud de mon pays au petit matin. Mon peu de sympathie pour le voisin allemand lui faisait penser que je n'étais pas une bonne européenne. Et si je rétorquais que j'avais tout simplement bien appris mon histoire, il m'expliquait encore une fois qu'il ne faut pas s'attarder sur le passé. Au fond, nous savions que nous étions d'accord. Nous avions si souvent parlé de l'Allemagne tous les deux, de son rôle essentiel dans la stabilité européenne.

Il appelait toujours pour savoir si j'étais parvenue à bon port. Une fois pourtant, pas de coup de fil en arrivant, pas plus le lendemain ni les jours suivants. Jusqu'à ce qu'il m'appelle, enfin, pour me raconter qu'il s'est fait un ami dans le Nord de la Suède. Se trompant d'indicatif régional, il tombait chaque fois sur un autre abonné qui, d'abord fort irrité, avait bientôt trouvé amusant de discuter avec ce Français perdu dans les télécoms de la pluie, du beau temps et de la marche du monde… Mais ni l'un ni l'autre n'étaient allés jusqu'à se présenter !

Dieu merci ! François avait finalement retrouvé son

fameux bout de carton tombé de la poche de son veston. Chaque fois qu'il changeait de tenue, le président devait en effet transférer de l'une à l'autre non seulement sa rosette de la Légion d'honneur, mais aussi une invraisemblable collection de petits bouts de carton où il gribouillait, dans tous les sens, les adresses et numéros de téléphone qu'on note d'ordinaire dans un carnet *ad hoc*. La plupart de ces cartons le suivaient depuis si longtemps qu'ils étaient jaunis et écornés.

Notre amitié était ainsi réglée par le téléphone. François n'y passait pas des heures. Mais ses commentaires, brefs et apparemment anodins, disaient sans ambages son souci ou sa passion du moment. Il y était surtout question des petits et grands sujets du jour. Souvent, il monologuait, et tout d'un coup avait besoin de riposte. Il aimait cette façon de tester ses idées, au téléphone, avec quelques amis d'horizons différents.

On parlait de tout et de rien, mais souvent, très souvent, de l'Europe. C'était chez lui une obsession : construire l'Europe pour qu'elle subsiste comme nous l'aimions. Son approche, pourtant, a peu à peu changé. Dans les premiers temps, l'Europe qu'il dessinait n'était qu'éducation, recherche, culture, droits sociaux... Les années passant, tout cela finit au rayon des rêves. Priorité à l'économie et aux patientes stratégies pour que parviennent un jour à vivre en harmonie des Français et des Allemands, des Grecs et des Danois...

Réfutant les critiques, de plus en plus fréquentes, contre cette Europe des bureaucrates, loin de l'élan spontané des peuples, il voulait accélérer l'union économique et monétaire pour dépasser les inévitables tensions et luttes d'influence. Et s'il lui arrivait encore de grogner contre cette façon de tout cimenter par le haut, il oubliait que sa préoccupation de toujours, le libre engagement des peuples, n'était plus au goût du jour.

Son obsession européenne n'avait d'égal que son attachement à la France, à sa grandeur et à ses traditions. Faux paradoxe : car c'est d'abord pour préserver cette grandeur-là – et, chez lui, elle tournait volontiers au complexe de supériorité – qu'il jugeait urgent de faire l'Europe. Je ne le voyais jamais lire le *Times*, la *Frankfurter Allgemeine* ou le *País*. Pardi ! Il n'entendait rien aux langues de ses voisins et n'aurait pour rien au monde balbutié en public son anglais des plus rudimentaires. En fait, ce « grand européen » ne s'intéressait guère aux autres cultures européennes.

Ah ! oui, Heidelberg... Belle ville. Comme Sienne ou Séville. Ah ! la majesté du Danube ou la pureté d'un archipel grec... Mais la vie de ceux qui vivaient là, leurs passions d'aujourd'hui, leur foi pour demain, leur regard sur la France même, tout cela le souciait peu.

Quel feu brûlait donc en lui, qui le poussait pourtant à tant vouloir l'Europe ? Le souvenir, encore, des barbaries du siècle ? Ou la nostalgie d'une puissance française qui ne saurait renaître sans l'union avec ses voisins ?

Pendant toutes ces années, c'est vrai, je ne l'ai jamais vu hésiter, lésiner sur l'effort, perdre souffle dès qu'il s'agissait de l'Europe. Telle une fourmi, il traînait son fardeau, le poussait, le tirait, culbutait, reprenait, contournait l'obstacle, obstinément tendu vers l'objectif.

Voilà ce qu'exigeait l'avenir de la France. Sa puissance ensevelie dans les décombres de son vieil empire renaîtrait du rôle dominant qu'elle saurait jouer sur le Vieux Continent.

Encore fallait-il soigner ses fondations. D'où cet acharnement à sceller, chaque jour davantage, l'alliance franco-allemande, mariage de raison entre ceux qui avaient le plus à craindre du fait de leur passé. Helmut Schmidt, puis Helmut Kohl partageaient son sentiment et, dès 1981, les projets allaient bon train.

En octobre de cette année-là, je revois Schmidt, sur la pelouse de Latche, après deux jours de discussion, priant vertement tout un chacun de ne pas parler d'« axe », histoire oblige. Pour nous, qui avions suivi la rencontre, il était pourtant clair, sémantique mise à part, que le grand ami allemand de Valéry Giscard d'Estaing avait su également bien s'entendre avec le nouveau locataire de l'Élysée.

Ces deux-là étaient d'accord sur presque tout : Est-Ouest, Nord-Sud et surtout la nécessité d'installer les lanceurs de moyenne portée de l'OTAN en Allemagne de l'Ouest, pour faire barrage aux SS-20 des Russes. Et comme, de plus, ils disaient tous deux aimer les roses, les promenades en forêt et les casquettes de marin... Avec Helmut Kohl, les liens devaient encore se renforcer, malgré les différences d'affinité politique.

Mais que ressentait donc vraiment François envers l'Allemagne et les Allemands ? Quand je le lui demandais, il éludait, disant combien eux aussi avaient souffert des guerres, des déchirements de l'Europe. Voulait-il en finir avec Yalta, permettre aux Allemands d'effacer l'humiliation et de réunifier leur pays ?

« Ne devance pas les événements, me répondait-il au début des années quatre-vingt, cela viendra plus tard, concernera l'un de mes successeurs. Moi, je dois veiller à ce que la communauté devienne si forte qu'elle puisse résister aux bouleversements qui surviendront un jour ou l'autre. Mais il faut se hâter lentement. L'espoir de liberté, la volonté d'unité ne doivent pas tout balayer en trombe. Nous avons une tâche, nous, politiques : faire en sorte qu'un équilibre fragile ne soit pas compromis par un enthousiasme aveugle.

« La question de la réunification ne concerne pas seulement les Allemands. Oui, ils ont envie de se retrouver, c'est naturel et légitime. Mais Kohl est d'accord avec moi : ça ne doit pas mettre en péril le reste de l'Europe ou du monde. Cette réunification, c'est l'affaire de l'Europe tout entière. »

Quand, symbole suprême de l'amitié tant et tant affirmée, vint en 1984 la si fameuse image de Verdun – le grand Allemand bedonnant et le petit Français râblé main dans la main face à leurs morts et face au monde –, je ne pus m'empêcher de demander à François ce qu'il avait ressenti, lui, si pudique, si rétif au contact physique avec les hommes, si préoccupé de son apparence...

« Toi, tu veux toujours tout rabaisser, tout contester, me dit-il, le regard fixe. Ne comprends-tu pas la symbolique profonde de ce geste ? Imagines-tu à quel point j'ai réfléchi avant d'oser faire le pas. Tant de gens en France n'ont pu pardonner et tourner la page.

– Évidemment, répondis-je, je comprends, j'admire, tu le sais. Je ne parlais pas de ça, pas de l'essentiel. Je te posais une question banale. Je voulais seulement savoir ta réaction, presque physique. Simple curiosité...

– J'étais ému. Je revivais tous ces destins, je sentais que nous faisions vraiment un pas vers l'Europe.

– Mais est-ce toi qui lui a pris la main le premier ?

– Quelle importance ? Je ne veux pas le dire. D'ailleurs, c'était une décision commune.

– Mais tu ne te sens pas petit, debout, comme ça, à côté de lui ? »

Je revois son œil furieux, comme si j'avais mis toute son autorité en cause. Mais il savait ce que je voulais lui faire dire.

« Avec la meilleure volonté du monde, je n'y peux rien. Il fallait que les gens voient ce symbole de nos mains. Il est peu probable que j'atteigne un jour le gabarit de Kohl, même en buvant cinq bières par jour. » Puis, le sourire en coin : « D'ailleurs, c'est lui, pas moi, qui fait une cure tous les ans pour maigrir... »

*

Cette main dans la main à Verdun avait été décidée quelques mois plus tôt, au printemps. François était alors souvent en voyage. Il me téléphonait, le matin, de Bonn, Rome ou Athènes. Président de la Communauté pour six mois, il multipliait les tête-à-tête pour assurer le succès du sommet européen prévu au début de l'été à Fontainebleau. Il voulait que l'Europe en sorte renforcée et prépare son élargissement au nord et à l'est. Il comptait évidemment sur Kohl pour l'aider à contrer la Dame de fer. Ce fut bien une lutte au couteau. Avec des rumeurs d'échec toutes les cinq minutes. Mais, au bout du compte, une vraie percée pour l'union, au prix d'un compromis convenable sur la contribution britannique au budget.

Cela n'avait pas été sans peine. Mitterrand et Kohl allant même jusqu'à parler d'une Europe sans les Anglais. François ne pouvait plus supporter cette Margaret Thatcher, dont il avait pourtant admiré la force, au début de son mandat. Selon lui, Reagan la menait par le bout du nez, et la politique britannique se trouvait dévaluée par une telle soumission aux États-Unis et par son absence de solidarité européenne.

En mars de l'année suivante, feu vert est donné à l'entrée de l'Espagne et du Portugal dans l'Union européenne. Quelques années plus tard, François me racontera s'être alors opposé à l'entrée de la Suède. Il ne voulait pas élargir si rapidement à quinze. Pas avant que tout ne soit vraiment consolidé.

Mais, en même temps, il évoquait avec ferveur un rapprochement avec l'Est. « Nous devons, disait-il, essayer de continuer à l'Est ce que nous avons réussi à l'Ouest. Cela impliquera des sacrifices mais ce serait une victoire trop facile pour les adversaires de l'Union, si nous laissions l'Europe se transformer en une gigantesque zone de libre-échange, sans idéaux ni structures. »

C'est pour étouffer dans l'œuf toute initiative de ce genre qu'il caressera l'idée d'associer les pays récemment démocratisés, même économiquement plus faibles, par le truchement d'une confédération. Il ne suffisait pas, plaidait-il, songeant sans doute à ses chênes de Latche, de renforcer la structure existante, de scier les branches mortes, de gratter la mousse et de tuteurer les parties faibles. Il fallait insuffler un nouvel enthousiasme, nourrir l'arbre d'une sève nouvelle et saine pour parvenir à une véritable Europe, adaptée à l'époque et au monde.

Là encore s'exprimait une approche très « mitterrandienne » de la construction de l'Europe, fruit d'un lent et patient travail passant d'abord par la consolidation des fondations. Cela pouvait gripper quand le réel ne se pliait pas à sa volonté ou quand la solidarité venait à faiblir. François Mitterrand eut ainsi du mal à digérer que Kohl, lors du G7 de Bonn, en 1985, se range aux côtés de Reagan en soutenant sa « guerre des étoiles » et le nouveau round du GATT. Mais bientôt, le chancelier allemand devait promettre de soutenir Eureka, projet français qu'il avait pourtant presque balayé d'un revers de main.

Aisément taquin, François me prêtait parfois l'air d'une Allemande, sachant que je ne prendrais pas cela pour un compliment. J'ai sincèrement essayé de comprendre pourquoi les Français éprouvent si peu d'agressivité, de ressentiment à l'égard des Allemands, après trois guerres et tant de souffrances. Nous autres Suédois, qui au cours de l'histoire les avions toujours vaincus, devions adopter pendant la Seconde Guerre une attitude complaisante. En fin de compte, nous avions échappé à l'invasion et à l'occupation, et pourtant nous éprouvions, depuis la fin de la guerre, des sentiments anti-allemands bien ancrés.

François Mitterrand, lui, assurait que la volonté de l'Allemagne des années quatre-vingt était tout entière tendue vers la construction de l'Europe unie. Les Allemands, pensait-il, étaient eux-mêmes si conscients de leurs forces et de leurs faiblesses qu'ils entendaient lier leur sort à cette union pour empêcher à tout jamais que l'histoire ne se répète.

*

Le président considérait leur division entre l'Est et l'Ouest comme une anomalie, mais il ne souhaitait pas la voir corriger trop rapidement, pas avant que l'Europe ne soit assez solide pour assumer une Allemagne si puissante. Il avait commandé deux gigantesques mappemondes, qu'il avait fait poser au beau milieu de son bureau à l'Élysée. Faisant tourner le globe sur son axe, il pensait tout haut : « Bien sûr, cette Europe tracée à la fin de la guerre est artificielle. Elle ne reflète ni la géographie, ni l'histoire, ni la culture. Mais c'est un équilibre qu'on ne peut compromettre sans en prévoir et en analyser les conséquences. N'oublie pas que la réunification de l'Allemagne a longtemps été considérée comme un *casus belli* en Europe. »

Il ne pouvait admettre que l'histoire puisse lui jouer

de vilains tours. En octobre 1989, il me disait que la réunification n'était vraiment pas à l'ordre du jour, que peut-être d'ici dix ans… Quand le Mur est tombé, il ne jubilait guère, et se félicitait de l'extrême réserve de Willy Brandt et d'Oscar Lafontaine face aux nouveaux refrains pangermaniques. Devant les plans d'Helmut Kohl, il préférait tenir un discours rassurant. En public…

« J'ai peur, me disait-il pourtant en privé, peur de devoir assister à des bouleversements désastreux, si on ne se donne pas plus de temps. »

Pour les mêmes raisons, il ne souhaitait pas voir le moloch soviétique s'effondrer trop vite. Lorsque la Lituanie proclame son indépendance et que l'intervention des parachutistes russes amène Vytautas Landsbergis à se retrancher à l'intérieur du Parlement, il réagit sur-le-champ, essaie – avec Helmut Kohl – de ramener le Lituanien à la raison, l'adjurant de donner sa chance au temps. En vain.

François Mitterrand et Mikhaïl Gorbatchev allaient devenir très proches. Le Russe était homme de dialogue, et François appréciait beaucoup sa subtilité, sa réflexion et son commerce agréable. Habitué à la courtoisie très superficielle des rapports entre grands, il sentait qu'avec lui il « passait » davantage. Le séducteur aimait aussi être séduit, et d'évidence Gorbatchev y était parvenu. Ils se surprenaient à réagir du même sourire, du même froncement de sourcils aux mêmes questions. Ils savaient se parler d'un regard, et d'instinct savaient qu'ils s'étaient compris.

Leurs analyses sur l'Allemagne étaient concordantes

même si, lorsque Gorbatchev évoquait une « maison européenne », Mitterrand faisait vite comprendre que la construction de la sienne était déjà trop avancée pour qu'on songe à en réviser tous les plans.

Retour de Madrid où il avait assisté à la conférence internationale sur le Moyen-Orient, en octobre 1991, Gorbatchev fit avec son épouse un détour par Latche où on les installa dans les deux chambres d'amis. Rien de commun avec Boris Eltsine, que François Mitterrand jugera bourru et sans réflexion mûrie sur le développement de la société russe. Ce qui ne l'empêchera pas de devoir l'accueillir bientôt en personne sur le tapis rouge d'Orly. « Je fais ce que je dois faire », me dit François ce jour-là, sans autre commentaire.

Le nouvel homme fort à Moscou savourait, il est vrai, une douce revanche. N'avait-il pas, reçu au parlement de Strasbourg quand il croisait encore le fer avec Gorbatchev, été vertement traité de « démagogue » par le leader du groupe socialiste, Jean-Pierre Cot ? N'avait-il pas attendu des heures dans sa chambre d'hôtel un hypothétique rendez-vous à l'Élysée ?

François Mitterrand avait appuyé Gorbatchev sans réserve. A l'Élysée, on mitonnait des plans d'aide plus généreux et ambitieux qu'ailleurs en Europe. Objectif : donner à l'Union soviétique le temps de relever son économie, condition nécessaire pour établir sans trop de heurts une vraie démocratie.

L'URSS, comme le mur de Berlin, s'est disloquée et effondrée plus rapidement que François Mitterrand ne l'avait souhaité. Non qu'il ait eu des illusions sur sa survie, mais il craignait les retombées d'une fausse démocratisation, aussi hâtive que fragile, applaudie par des leaders occidentaux ignorants et trop intéressés.

Il expliquait inlassablement que la démocratie suppose un long apprentissage, que l'introduction brutale des lois du marché, sous couvert de liberté fraîchement conquise, laisserait immanquablement les plus faibles sur le bord de la route et nourrirait de bien dangereuses frustrations. Plus que tout, il sentait avec angoisse revenir les démons du nationalisme, « cette poudrière sournoise ». « Contentons-nous, prévenait-il, d'un équilibre injuste jusqu'à ce que nous soyons assez forts pour accompagner et soutenir les changements. » C'est pourquoi il aurait voulu remettre à plus tard la réunification allemande. Et ralentir la désintégration de l'empire soviétique.

Soucieux de ne rien briser de l'ancien avant que le neuf ait seulement eu le temps de naître, son discours tranchait avec les envolées lyriques communes aux autres chefs européens. En Conseil des ministres, il se lançait dans des cours d'histoire, où les nationalismes et les guerres d'hier retrouvaient des accents d'actualité.

Au cours des dernières années, François Mitterrand redoubla d'efforts pour que progresse de façon irréversible cette Europe qu'il avait tant contribué à construire. Les accords de Maastricht, si violemment critiqués, en étaient l'instrument nécessaire. Mais l'information était bien défaillante, il le reconnaissait.

Le pays était divisé, jusque dans chacun de ses partis. Le camp du « oui », au départ sûr d'une belle avance confortée par les sondages, avait vu son capital baisser dangereusement. On n'osait y croire, mais le verdict devenait presque incertain.

Les Français, en fait, ne cachaient pas leur scepticisme. Ils avaient tous reçu une grosse brochure, on leur avait dit que c'était un traité, mais c'était illisible. François Mitterrand, lui, ne pouvait imaginer que Maastricht pût freiner, encore moins briser, la volonté européenne de la France.

Ouvrir à l'Est, élargir encore à l'Ouest, il le désirait comme les autres. Mais voulait du temps. Le temps si nécessaire à forger une politique commune, une défense commune, une monnaie commune. En somme, le temps que le monde accouche d'une nouvelle puissance : l'Europe.

13

Un mandat de trop

Quel soulagement de pouvoir se dépouiller de l'habit de l'homme d'État et quitter le rôle de dirigeant, comme on enlève veston et cravate pour enfiler enfin une chemise de flanelle.

Avec un sourire en coin, il se blottissait dans son fauteuil et ne voulait parler de rien d'autre que de la pluie et du beau temps, des événements de la journée, des derniers ragots ou du printemps qui s'annonçait.

Nous parlions souvent de voyages. Ceux que nous espérions faire, ceux que nous avions faits. Florence, l'Islande, la côte californienne... Un peu jaloux, il m'écoutait raconter mes années à Berkeley, mes escapades sur la Highway 1, Crosby Stills & Nash et Grateful Dead plein les oreilles, là où l'esprit de Kerouac ne quittait pas Big Sur.

Nous parlions de maisons, de jardins humides de rosée, de prés embrumés. De pain cuit à la maison, de bibliothèques anglaises près d'un bon feu et de fauteuils capitonnés. D'un monde d'harmonie où parler devient superflu.

S'il avait brigué un deuxième mandat, c'est notamment qu'il refusait d'imaginer ce que serait sa vie après la présidence. Président, au moins il connaissait les règles, elles lui appartenaient, la route était tracée.

Les hommes s'étonnent souvent que les femmes soient attirées par ceux qui se frottent au pouvoir. Comment comprendraient-ils que ce n'est pas le pouvoir qui nous attire alors, mais la face cachée, complexe, de celui qui l'incarne. Dans ce jeu si cher aux hommes, François Mitterrand avait remporté tous les succès possibles. Ses rivaux, comme mes confrères masculins, ne le voyaient, ne le connaissaient que sous cet angle, évidemment faussé.

Les hommes, dans leur manière de dépeindre François Mitterrand, révèlent souvent plus d'eux-mêmes qu'ils ne parlent de lui. Sous leur plume, dans leurs mots, s'estompent et disparaissent les points faibles, les traits discrets, dissimulés parfois, qui n'échappent pas à l'attention d'une femme. Plus le masque est rigide, l'environnement implacable, plus une femme sera sensible à ce que cela cache.

François n'était pas un homme séduisant, au sens commun du terme. Pas très grand, un peu fort, ses traits ne répondaient pas aux canons de la beauté classique. Fatigué, son visage se creusait. Son charme était dans le regard et dans la bouche. Des yeux qui reflétaient autant, selon l'humeur, la froideur glaciale ou la chaleur amusée. Mais toujours là, intenses. La force, absente de son corps, semblait tout entière concentrée dans une lèvre inférieure, inflexible et cassante.

Je détestais certains aspects de son caractère et n'appréciais pas toujours les gens qui l'entouraient. Il ne se privait pas non plus de critiquer mes opinions et relations.

Mais, sur le fond, au-delà des rôles que la vie nous faisait jouer, nous étions sur la même longueur d'onde : sur la part d'histoire que l'on porte en soi pour toujours, sur ce qui distingue l'essentiel du contingent, sur la compassion que suscite la détresse.

Pourquoi donc devait-il briguer un second mandat ? Pour compenser les carences du premier ? Pour achever ce qui restait en chantier ? Pour mieux approcher encore cette France qu'il avait si longtemps convoitée ? Pour faire mieux et plus que le Général ? Pour l'Histoire en majuscule ? Pour le pouvoir, en minuscule ?

Il hésitait, et l'hésitation le rongeait. Ce n'était plus, ou plus seulement, cette fâcheuse habitude de faire traîner sa décision ou le plaisir futile de faire attendre sa réponse. Non, il avait un pressentiment. Peut-être n'avait-il plus grand-chose à donner. Usé par la réalité du pouvoir quotidien, par les échecs, les illusions perdues, les contraintes dont il savait pourtant si bien s'accommoder.

L'âge est là, également. Il a 71 ans quand il doit choisir comment finir sa vie. Depuis plusieurs années, il parle de sa mort, me demande, de ce ton qui ne plaisante qu'à moitié, si je porterai son deuil. Se demande, lui, ce qu'il aura le temps de me dire, ou pas, dans ses derniers moments.

Si je lui dis de se taire, il répond invariablement :

« Dans ma famille, on ne vit pas vieux, 75 ou 76 ans, pas plus. » Je savais dès 1981 qu'il était malade, mais c'est seulement dans les dernières années qu'il me parlera de cancer. Il souffrait de temps à autre, mais cela n'allait guère plus loin qu'une sorte de sciatique. Au cours du premier septennat, il s'était montré plus résistant que la plupart de ses collaborateurs, qui lui rendaient tous près de trente ans !

Quand vient l'hiver 1987, nous faisons souvent plusieurs fois le tour du parc de l'Élysée, emmitouflés dans de grandes écharpes pour nous protéger du froid.

Se représenter, c'est risquer de tomber, comme un soldat au front. Renoncer, c'est trouver enfin le temps de lire, le temps d'écrire, de vivre des jours sans planning ni agenda, sans gardes du corps sur les talons... Mais que vaut-elle cette liberté de marcher, jour après jour, au milieu des pins du golfe de Biscaye, ou sur les quais de la Seine, comme un *has-been* réfugié dans ses livres d'histoire ?

Nous tournons encore dans les allées bien ratissées du parc. Baltique, le labrador, gambade autour de nous. Il y a quelques années, François lui aurait lancé des bouts de bois. Aujourd'hui, il me demande de le faire. Alors je ramasse, je jette, je relance... Et Baltique ne cesse de galoper.

Oui, peut-on vraiment s'arrêter, se contenter de livres et de promenades, après quarante années de vie publique ? Vivre l'oisiveté banale de la retraite après avoir quitté le cœur même du pouvoir ? Se retirer du monde quand on a travaillé pour l'histoire ? Au huitième tour du parc, il pèse encore le pour et le contre. Baltique tire la langue et mon nez coule…

Cet homme a conduit la gauche au pouvoir qu'elle n'avait plus connu depuis un quart de siècle. Avec lui, un gouvernement socialiste a dirigé la France d'un bout à l'autre d'un mandat, ce qui n'était pas arrivé depuis des lustres. Mieux encore, il a mis la Constitution à l'épreuve d'une cohabitation totalement inédite. Sans cesse, il refait son bilan. Je lui dis : chômeurs, exclus… Il répond : Europe, décentralisation et réformes en tous genres.

Voilà des mois qu'il argumente. Dans un sens et dans l'autre. En silence ou à voix haute. Seul, ou quêtant chez l'interlocuteur du jour de quoi nourrir doutes ou certitudes.

Non, il n'est pas candidat. Pas encore. Je l'entends jurer qu'il attend, impatient, l'heure de se retirer. La seconde d'après, il imagine déjà une nouvelle forme de présidence, au-dessus de la mêlée, vieux sage, super-arbitre, un rôle qu'il a bien répété en cohabitant avec ses adversaires.

Il tourne autour du pot. Rocard, lui, peut jouer au candidat. Jouer, c'est bien le mot, celui des socialistes qui attendent patiemment, et le savent condamné d'avance.

Enfin, François Mitterrand décide. C'est oui. Un petit oui, discret, presque distrait, à peine audible, lâché devant les caméras au début d'une simple interview. Sans autre explication que le devoir qu'il se fait de protéger la France des clans, des coteries, de l'intolérance et de l'appât du gain. L'argumentaire est mince. Écouter son expérience, entendre sa fatigue, aurait sans doute suffi à le convaincre que la vraie force eût été de dire non... Mais il a dit oui.

A l'Élysée, les conseillers sont en manque d'inspiration. On cherche fébrilement ce que de Gaulle avait joué en briguant un second mandat. On prie instamment tout le monde, jusqu'aux « placards » les plus reculés et les plus obscurs du palais, de présenter des propositions qui étonnent et détonent. Tout ce qui pourra ébranler la droite et bluffer les médias.

Sans grand résultat. Le programme électoral se résume à une « Lettre au peuple »... vendue au tarif publicitaire aux divers quotidiens. Des mots, beaucoup de mots. Soigneusement pesés pour ne point trop dire. Surtout n'effaroucher personne : les promesses faites aux uns peuvent toujours fâcher les autres. Rester vague, faire positif, séduire. Gommer les aspérités et ne pas prêter le flanc aux attaques attendues de l'ennemi, qui déjà voudrait faire chou gras des « affaires » qui pointent, faites de pots-de-vin, abus de biens et de pouvoir...

François Mitterrand commence à critiquer ouvertement la stratégie mise au point pendant la cohabitation : cette image peaufinée d'un père tutélaire veillant de haut sur le destin de la nation risque, pense-t-il, de se retourner contre lui.

L'entourage s'en prend aussitôt aux deux conseillers en communication, déjà âprement critiqués, Gérard Colé et Jacques Pilhan, qui ont forcé le trait. A le vouloir très haut, ils l'ont rendu hautain. A le vouloir arbitre, ils l'ont rendu distant. A l'éloigner de la mêlée, ils l'ont coupé de la vie quotidienne. Bref ! dit-on, ils ont perdu l'homme en route… Au cours de la campagne, le président sent et confie qu'il est « trop loin du peuple ».

Sa victoire record le surprendra lui-même. 54/46 contre Chirac, une réélection dans un fauteuil…

Mais l'enthousiasme n'y est plus. Et la foi l'a quitté.

Il a de nouveau sept ans à remplir. Loin, très loin, de l'ivresse réformatrice des beaux jours de 1981.

L'opinion regrette que « l'union du peuple de France », si joliment invoquée pendant la campagne, n'ait pas produit la grande ouverture espérée. François Mitterrand ne l'a pas voulu. La victoire en fait révèle les premiers signes du déclin.

Voilà Rocard Premier ministre. François m'explique que « c'est son tour ». Pas un mot chaleureux ou au moins sympathique. Rien qui traduise un rapprochement entre eux. Tout juste laisse-t-il échapper çà et là quelques remarques, plus obligées qu'obligeantes : « il fait son boulot » ou « travail correct ». Il ne lui fait pas confiance et ne porte guère d'intérêt à sa politique. Il a seulement fait de nécessité vertu.

Rocard n'a pas suscité l'élan attendu. Son temps est passé. *Exit* Rocard. Le président est satisfait. Mais plus encore fatigué. Que faire maintenant ? Il voudrait épater, mais le flair politique, hier encore encensé ou redouté, n'est plus au rendez-vous. Le président ne cherche plus qu'une fidélité à toute épreuve. Mais qui ?

La réponse arrive sur de longues jambes. Une femme rousse, impulsive, socialiste pur sucre : Édith Cresson. Elle a tout pour plaire : fidèle parmi les fidèles, elle a une expérience gouvernementale. Mieux : après Fabius, plus jeune Premier ministre que le pays ait connu, le président offre aux Français leur première femme Premier ministre…

Le résultat sera catastrophique. Cresson fait gaffe sur gaffe, s'en prend, méprisante, aux Britanniques, aux Japonais, aux immigrés. Bientôt, ses propres collaborateurs moquent son incompétence, sa nonchalance et son culot. A 28 % d'opinions favorables, elle bat tous les records d'impopularité : tour à tour, les agriculteurs, les infirmières, les comédiens, les artistes, les dockers et les enseignants descendent dans la rue.

François Mitterrand pourtant ne ménage pas son soutien. Il s'entête, m'assure qu'elle est bien plus intelligente que ne le dit son entourage. Il pense, comme elle, que l'*establishment* masculin veut sa peau. Il est furieux de voir ses propres ministres lui mener la vie dure et ignorer ses directives.

Comment a-t-il pu se tromper à ce point ? Que lui trouvait-il donc ? Avait-il à ce point « perdu la main » qu'il pût commettre pareille bourde ?

L'explication n'est sans doute pas si simple. Les socialistes battaient de l'aile, et les Premiers ministres potentiels n'étaient pas légion. Au creux de la vague, il fallait créer un effet de surprise. Ajoutons tout de même l'incapacité de François Mitterrand à comprendre les femmes. Elles étaient pour lui aussi charmantes qu'insaisissables. Celles de sa génération n'avaient rien à voir avec les jeunes femmes dont il s'était entouré au PS. Il remarquait leur attitude, dure et implacable en politique, mais oubliait que subtilité et humilité peuvent aussi être des atouts.

François Mitterrand savait que l'époque était à l'égalité des sexes. Il n'avait rien contre, surtout si l'intelligence s'ajoutait à la jeunesse et à la beauté. Il se laissait facilement charmer par les carriéristes, oubliant son sens critique. Misogyne ? Pas plus que les hommes de sa génération !

Édith Cresson bénéficiait du soutien assuré aux vieux amis. Les conséquences sont aussi lourdes que l'erreur initiale : tout le monde est entraîné dans sa chute. Les élections régionales sont une catastrophe, un coup de pied de l'âne aux socialistes. Les écologistes et le Front national font le plein des déçus et des furieux. A lire ou entendre les médias, le Parti socialiste prend l'eau de toutes parts, naufrage aggravé, jour après jour, par ces « affaires » qu'on monte en épingle.

Le président est bien sûr accusé. C'est lui qui, loin de l'ouverture promise, s'est vite débarrassé de Rocard, a nommé cette pauvre Cresson. Lui qui n'a pas réagi, quand et comme il convenait, aux scandales qui secouent la gauche… On spécule volontiers : finira-t-il son mandat, avec un gouvernement discrédité et une cote personnelle au plus bas ?

Période cauchemardesque. Non, ça ne peut tout de même pas finir comme ça. Lui qui rêvait d'une France à la fois socialiste et moderne, réconciliée avec elle-même… Le voilà cerné, paralysé dans un château qui semble s'écrouler. Il tente encore de boucler la porte, se force à ne pas voir. Attendre, comme toujours. Attendre que la tempête s'apaise. Il y en a eu tant d'autres. Les scandales ? Ils finiront bien par disparaître des « une ». A condition de donner du temps au temps.

Il est sincère. Il ne peut admettre l'image qu'on donne dorénavant de lui, de son gouvernement, de ses amis et de ses relations.

Mais la confiance dans ses propres conseillers s'est émoussée. Jacques Attali, lassé de l'Élysée et devenu président de la nouvelle grande Banque européenne de développement pour l'Europe de l'Est, est gravement mis en cause pour des dépenses somptuaires et une gestion pour le moins laxiste. François n'a même plus la patience de lui trouver des excuses ; il parle de « bêtise impardonnable ». Il se montre aussi impitoyable avec les dérapages et « arrangements » financiers des socialistes. Il ne s'agit pas toujours de morale, comme dans le cas d'Attali, mais aussi d'efficacité. Tous les partis politiques pratiquent les mêmes méthodes ? Certes, mais la droite s'y prend mieux. C'est l'« amateurisme » qu'il condamne.

Lorsque Roger-Patrice Pelat est à son tour mis en cause pour délit d'initié, cela ne fait que renforcer ses convictions… et son mépris pour les journalistes et leur hypocrisie. Et quand enfin Pierre Bérégovoy, atteint dans son honneur, se suicide, le président n'a plus que la force de dénoncer les « chiens ».

Pour échapper à sa douleur, au sentiment croissant qu'il a d'être injustement pourchassé, il ne cesse de me répéter : « Les Français ont besoin de recul pour comprendre ce que j'ai fait pour eux. »

Mais la presse, elle, a cessé de s'intéresser au président, à ce qu'il dit ou fait, préférant se pencher sur un passé, des relations, qu'on dépeint tout en ombres et mystères. Il est assis à son bureau, à moitié caché derrière des classeurs verts, signant lettres et documents, et il grogne, vitupère contre la malveillance des journalistes.

« Pourquoi donc ne voient-ils qu'intrigues et ambiguïtés dans tout ce que je fais ? dit-il. On prétend que je compartimente mon existence, que je fréquente des gens de toutes sortes, qui ne se connaissent pas, que je les monte tous les uns contre les autres... Mais enfin, toi-même, tu n'as pas des relations dans tous les milieux ? Est-ce qu'il te viendrait à l'idée de tous les réunir ? C'est vrai, j'ai des amis que je connais depuis des années. Que j'admire. Avec qui je ris. Avec qui je parle sérieusement. Des gens attachés à différentes époques de ma vie. »

Si je lui fais remarquer que ses fréquentations sont, il est vrai, pour le moins hétéroclites ; des gens de droite parfois, des hommes d'affaires pas toujours très nets, des intellectuels de gauche revenus de toutes les révolutions, des bourgeois de province, que sais-je ? Si en plus je lui parle de sa cour..., il ne veut pas entendre. Non, il n'a pas de courtisans. Réaction naïve ou foncièrement malhonnête.

Sur l'honnêteté, je ne me fais pas trop d'illusions. C'est un homme rompu à la politique, qui a appris en quarante ans à se servir des gens. Même s'il sait renvoyer l'ascenseur, avec une fidélité à toute épreuve.

Mais parfois, il fait caricature de « l'Homme Au Pouvoir ». Les courtisans courtisent, et la mécanique fonctionne. Il ne sent pas la flatterie. Peut-être se lasse-t-il d'eux, ou les range-t-il bientôt au rayon des amuseurs de second ordre, ceux qui ont droit à Quiberon où, les dernières années, il part en convalescence après ses opérations de la prostate. Ceux aussi qui sont admis au fort de Brégançon, où il ne se plaît pas du tout. Ou ceux enfin qui traînent, comme des comédiens en rupture de contrat, autour de Latche.

L'Élysée a maintenant perdu l'essentiel du pouvoir politique. Balladur gouverne et la maladie ronge François. L'amertume est grande parmi tous ceux qui l'ont suivi, dans les bons et les mauvais moments. Les pires courtisans se servent encore de lui, son jugement s'obscurcit. Bérégovoy s'est suicidé, Pelat est mort, Grossouvre aussi… La liste ne cesse de s'allonger des hommes tombés ou blessés sur le parcours du président.

Pour François, tout cela n'est déjà plus qu'une vague toile de fond. La maladie et l'écriture occupent tout son temps. Il devient instable, irritable, capricieux.

Mais il s'entend bien avec Balladur, qui n'a pas la raideur de Chirac. Il a à son endroit des mots qu'il n'a jamais eus pour ses Premiers ministres socialistes. Il loue son intelligence, sa souplesse, son sens du respect. Et lorsque s'amorce la campagne électorale, la performance de l'homme de Matignon le déçoit.

Que Rocard ait été hors course, encore une fois, lui semble naturel, mais les atermoiements de Delors l'exaspèrent. Sans doute a-t-il oublié qu'il fut orfèvre en la matière. Lorsque, enfin, Delors renonce, c'est à contrecœur qu'il soutient Jospin, qu'il avait choisi, quatorze ans plus tôt, comme successeur à la tête du PS. Il le trouve ennuyeux, limité, sans charisme.

Mais, maintenant, dans sa chambre de l'Élysée, gémissant de douleur dans son fauteuil de cuir noir, il est loin. Il peut appeler un Charasse ou un Dumas, pour évoquer le passé. Mais quand, près de lui, je raconte les dernières anecdotes de campagne, il me regarde et me dit : « Tu ne parles que de politique, tu n'aimes donc pas la vie ? »

14

D'une guerre l'autre

« Je ne me souviens pas de la douleur, je me souviens seulement des fraises des bois qui poussaient dans l'herbe. » Il était difficile, presque impossible, de le faire parler de cette guerre qui avait fracassé le siècle en son mitan. Qui l'avait marqué, comme tant d'hommes, pour le reste de sa vie. Et dont le souvenir, indéfinissable cauchemar, ne cessera de guider son action quand le destin lui aura confié la République, au cœur du vieux continent meurtri.

Il en parlait peu, me laissant mesurer le fossé qui nous séparait, lui que la guerre avait saisi adulte, moi qui avais grandi en paix. Peut-on transmettre les illusions qu'on a perdues, les lâchetés qu'on a croisées, le courage qu'on a rencontré, le sentiment d'un monde trop fragile, le poids d'un instant et celui de l'histoire ?

Avoir souffert l'humiliation, tutoyé l'enfer, avait forgé chez lui et chez ses congénères l'indestructible volonté de rebâtir l'histoire sur un « plus jamais ça » que nous, nés « après », pouvions seulement tenter de comprendre. Fossé infranchissable des générations : il y a ceux qui l'ont traversée, cette guerre, l'honneur plus ou moins sauf, et ceux qui, n'en ayant rien vécu, dissertent et jugent aujourd'hui, oubliant un peu vite qu'ils ont laissé passer, d'un haussement d'épaules, la famine en Afrique, les massacres en Asie, l'horreur revisitée dans l'ex-Yougoslavie.

J'ai vécu quinze années en France. Aucune, je crois, sans que la guerre d'hier ne vienne nourrir un débat du moment. C'est ainsi qu'à la fin de sa vie François a vu resurgir son passé et surtout ce qu'il espérait sans doute enseveli à jamais : Vichy.

Oui, il était difficile de le faire parler de la guerre. Pourtant, un soir, en dînant à l'Élysée, le hasard l'y a conduit. Il devait partir présider la finale du championnat de rugby. Je lui ai dit mon aversion pour la brutalité. Nous avons enchaîné sur la violence des hommes. Alors, il s'est mis à parler…

« Imagine, Stalag IXA, trente mille hommes qui se battent pour survivre… Quand j'y pense aujourd'hui, je comprends encore mal. Était-ce bien moi ? Ai-je bien connu tout cela ? Les images resteront à jamais gravées dans ma mémoire, souvent sans liens entre elles… Au début, c'était le gangstérisme, des hommes transformés en bêtes. Des couteaux et des coups de poing. On était heureux quand on pouvait arracher de quoi manger, ou simplement garder sa montre. Et au matin on trouvait des morts, dans la tente ou au fond des latrines… Tu ne peux imaginer à quelle bassesse peut descendre l'âme humaine, à quels extrêmes peut aller la cruauté. »

Maintes et maintes fois, depuis que nous nous connaissions, je l'avais entendu décrire la « confusion » qui régnait à Vichy. Pour un ancien prisonnier de guerre, il était logique de s'y rendre, mais, une fois sur place, le nouveau venu mettait quelque temps à tirer la situation au clair. Telle était en substance ce qu'il voulait retenir.

Lorsqu'en 1994 Pierre Péan publia *Une jeunesse française*, traquant le Mitterrand sorti du stalag dans les antichambres de Vichy, et relatant ses liens avec René Bousquet, François en conçut beaucoup d'amertume. Certains croyaient pouvoir dire que le président, guetté par la mort, s'était lui-même résolu à ne rien laisser dans l'ombre. Il rejetait toutes ces spéculations. Il n'avait, disait-il, rien à cacher, mais personne n'avait jamais fouillé dans son passé avec autant d'acharnement que Péan…

Pour François, ce livre était encore un de ces malentendus savamment entretenus dont il avait si souvent pâti. Péan questionnait à foison, mais laissait moins de place aux explications que le président lui avait fournies qu'à ses propres commentaires et interprétations. La fameuse opinion sur Bousquet – « un garçon doué, qui a dérapé dans la vie du fait d'un choix impardonnable » – lui avait été livrée dans un tout autre contexte. François répétait sans cesse qu'il n'avait eu aucun rapport avec Bousquet à Vichy. Qu'il ne l'avait rencontré qu'après guerre, une fois ce dernier blanchi par la justice et revenu, avec le succès que l'on sait, dans la meilleure société, où il comptait tant d'amis influents et passait pour homme de très bonne compagnie…

« Si tu savais », me confiait François, quand j'essayais

de lui en faire dire plus, sur Bousquet et les erreurs qu'on peut commettre dans ses relations, « si tu savais combien de gens, parmi les plus renommés, redoutent qu'on fouille dans leur passé. J'admets, moi, qu'on veuille en savoir plus. Mais que ceux qui partent en chasse cessent de lire le passé avec des yeux d'aujourd'hui. Qu'ils tentent donc de retrouver l'époque, de se mettre dans la peau de ceux qui vivaient au milieu de cette tourmente, pour comprendre leurs pensées et leurs actes… »

Ces terribles années de guerre avaient bien trop marqué François Mitterrand pour que Péan puisse avoir raison. Et il ne pouvait supporter de voir son honneur flétri. C'est du moins ce qu'il me disait quand, accablé par la douleur et la fatigue, il écrivait encore sur ce passé dans les derniers mois de sa vie.

« J'obéissais à une loi que je m'étais imposée, m'assurait-il. Je ne comptais sur rien ni personne qui ne fût l'œuvre de mes propres efforts. »

*

Cette foi aveugle en lui-même n'allait jamais le quitter. Elle devait, bien plus tard, parvenu au sommet de l'État, lui valoir bien des critiques, sur sa politique étrangère surtout. Se croyait-il donc si capable de dominer les événements, de les plier à « la loi qu'il s'imposait » ? Au point d'attendre, de faire attendre… et de se laisser surprendre ?

Appliquée souvent au retour de la guerre dans les Balkans, la critique l'indignait.

« Je fais ce que je dois faire. » Combien de fois l'ai-je entendu parler de la sorte, au fil des ans. Cet homme, dont les médias avaient fait un éternel intrigant, un champion de la mauvaise foi mû par ses seules convoitises, était, j'en témoigne, avant tout porté, en politique comme dans sa vie, par ce qu'il jugeait être son devoir.

Pourquoi évoquer cette importance du « devoir » à propos du conflit yougoslave ?

Sans doute parce que le retour de la barbarie sur le Vieux Continent, plus que toute autre chose, l'avait ramené vers ce passé où déjà le devoir dictait la conduite. Au début de la crise, avant que les canons ne tonnent, je l'avais senti manquer d'une inspiration politique capable de mobiliser des convictions auxquelles il ne semblait plus croire.

Né dans l'ombre d'une guerre avant de vivre la suivante, il savait de quelles tragédies pouvaient accoucher ces haines balkaniques. On avait rêvé là, après Tito, que l'esprit de domination ferait place à des traités librement consentis entre les peuples.

Mais avant même que la Slovénie et la Croatie ne s'avisent de devenir indépendantes, François Mitterrand, loin d'entrevoir une nouvelle entente des peuples frères dans les Balkans, avouait déjà ses craintes que l'Europe ne se déchire sous le choc réitéré des nationalismes et des conflits culturels ou religieux.

« Si chacun aujourd'hui exige indépendance et État spécifique, comment construirons-nous l'Europe ? Notre seule chance est de donner à tous la possibilité de faire respecter leurs droits dans les États existants. Réfléchis !

Cette histoire ne se limite pas à la Yougoslavie. La carte de l'Europe a été tracée, siècle après siècle, à coups de conquêtes, et non selon le désir des peuples. Il faut bien vivre avec, sinon nous aurons des décennies de confits sanglants. Qui pourra alors parler de progrès pour les peuples ?... »

Lorsque, Croates et Slovènes ayant proclamé leur indépendance, la guerre éclate, je l'entends répéter sans cesse, en public, que l'on ne peut pas conserver une fédération par la force, et que désormais il faut faire vite, très vite, pour trouver la formule qui garantira les droits des minorités. « Et, insiste-t-il, ne perdons jamais de vue que les Serbes ont peur d'être encerclés par les Croates et les Musulmans, qu'ils veulent un accès à la mer. Que les Croates n'accepteront jamais un territoire coupé en deux... »

Roland Dumas doit convaincre la CEE qu'une commission de médiation pourrait résoudre la crise. En même temps, naît l'idée d'une force de paix sous l'égide des Nations unies.

A moi, François avoue ne pas croire au succès de telles initiatives : « Ils veulent surtout se battre. » La plus grande erreur, pense-t-il, serait de se précipiter pour reconnaître ces pays, avant qu'ils n'aient clairement opté pour la démocratie.

Or Helmut Kohl invoque la pression de son opinion et jure ne pouvoir y résister plus de six mois. Quand Tudjman, le Croate, est attendu à Paris vers la fin du mois d'août, je demande à François ce qu'il pense lui dire. A-t-il le moindre espoir d'éviter le pire ? « J'ai bien peur que la haine ait balayé toute raison, me répond-il. Je vais encore essayer de prêcher la modération, dire que la France ne prendra position ni pour l'un ni pour l'autre, refusera de désigner un bouc émissaire.

– Mais pourquoi n'essayez-vous donc pas de vous mettre d'accord au niveau européen ? Pourquoi ne pas durcir le ton, menacer ? Ou décider d'envoyer des troupes dès maintenant ?

– A quelle mère dois-je annoncer que son fils doit mourir pour la Yougoslavie ? »

Il insiste pourtant sur la nécessité d'une politique commune à l'Europe, sachant que le drame qui se noue dans l'ex-Yougoslavie pourrait n'être qu'un prélude à d'autres affrontements. Il tempête contre les responsables politiques français qui, par opportunisme ou mesquinerie, négligent les liens d'amitié que la France a su tisser avec certains des pays directement ou indirectement concernés : Serbie, Grèce, Bulgarie, Roumanie... « Je ne peux pas accepter que l'influence germanique soit considérée comme seule légitime dans cette région, clame-t-il. Je n'ai pas l'intention d'en prendre mon parti. »

Son irritation ne fera que croître les années suivantes, nourrie par les inconséquences, les ignorances et, *in fine*, la passivité de ses collègues de la CEE. Nourrie aussi par ce qu'il pense être une véritable campagne organisée pour interdire une approche objective des différents acteurs de la guerre.

Lorsque, le 21 février 1992, le Conseil de sécurité des Nations unies vote l'envoi de la FORPRONU – quatorze mille hommes, dont deux mille Français, à destination de la Slovénie et de la Krajina –, il m'explique que, selon les militaires, il faudrait en expédier plusieurs centaines de milliers pour espérer être efficace.

La CEE a reconnu la Slovénie et la Croatie. En Bosnie, on vote l'indépendance à 99 %, mais les Serbes ont boycotté le vote. La France a traîné les pieds, non qu'elle conteste le principe de l'autodétermination mais elle veut qu'on se préoccupe davantage des conditions d'une reconnaissance.

François Mitterrand prévient encore : « La situation en Europe risque de devenir chaotique si nous laissons chaque minorité créer son État sans tenir compte des règles démocratiques qui nous guident. Nous ne pouvons reconnaître une nouvelle nation que si elle est née de manière pacifique et démocratique, dans le respect des droits de l'homme, des minorités et des frontières existantes. »

Je m'entends alors, souvent, plaider comme tant de journalistes et d'intellectuels qui, prétendant exprimer l'opinion publique, dénoncent au mieux la passivité, sinon la partialité, voire la lâcheté des sphères dirigeantes. François me laisse parler puis, patiemment, énumère toutes les initiatives françaises au sein de la CEE, aux Nations unies, ou les démarches conjointes avec l'Allemagne. Mais comment expliquer le rôle d'un médiateur à des gens qui refusent de s'asseoir à la même table, qui sont d'autant moins prêts à déposer les armes qu'ils préparent de nouvelles conquêtes ?

Il répète alors inlassablement qu'il faut l'entente entre les Douze mais désespère d'arracher ses partenaires à leurs hésitations et à leur passivité. « Il faut faire un geste, martèle-t-il, il faut marquer le coup. » Il veut frapper les esprits, sur place et dans le monde entier.

Ce sera le voyage éclair dans Sarajevo assiégée, ville symbole de tous les déchirements, chère au cœur et à la rhétorique des intellectuels mobilisés. Sans prévenir personne, il quitte le sommet européen de Lisbonne et atterrit deux heures plus tard dans la capitale bosniaque coupée du monde. Un coup médiatique ? Une opération montée pour faire effet sur l'opinion française ? On l'a dit, bien sûr. Mais c'était plus que cela : le fruit de longs mois d'efforts pour entraîner avec lui les autres Européens, et le besoin, personnel et profond, de manifester sa solidarité.

François Mitterrand ne se berce pas d'illusions. A court terme, le coup est payant : l'aéroport est rouvert, l'aide humanitaire peut de nouveau arriver. Mais il n'en attend pas un changement durable. Il ne distingue pas, dans cette phase du conflit, de victime bien établie. Il en voit plusieurs, et de plus en plus, une guerre de propagande, sur plusieurs fronts.

Les Bosniaques ont saisi l'occasion de prendre un morceau du gâteau et jouent à merveille des opinions publiques. Les médias se sont emparés avec empressement de l'image de la ville assiégée, du peuple résistant et martyr. Mais la partie serbe de la ville est presque ignorée.

Les Serbes portent une marque indélébile, quelque effort qu'ils fassent pour s'en débarrasser : ce sont eux qui ont voulu maintenir la fédération yougoslave par la force, eux qui ont été manipulés par les Russes, eux qui ont commis les violences les plus atroces : ces camps d'internement qu'on découvre à l'automne 1992, cette prise de Srebrenica en avril de l'année suivante et ces charniers innombrables… Ils sont en outre les plus médiocres en relations publiques. Les Croates en revanche ont, tout en commettant leurs méfaits, veillé à leur image de persécutés. Les Musulmans maintenant saisissent leur chance : il faut soudain défendre une Bosnie indépendante, comme si elle existait de tout temps ! François Mitterrand supporte très mal que son travail, lourd et ingrat, ait été sous-estimé, mal interprété et même retourné contre lui par une opinion superficiellement informée. Il est amer, et constater que tous ses pairs occidentaux sont en butte aux mêmes critiques ne le soulage en rien.

Lui qui n'a jamais attaché une grande importance à son service de presse, arguant que ses actes parlaient d'eux-mêmes, s'en prend maintenant à ses collaborateurs, qu'il accuse de négliger les contacts et les explications avec les médias. Il les pousse à agir, à défendre ses initiatives. Il veut voir reconnu ce qu'il a accompli, même si les Anglais lui ont mis des bâtons dans les roues, même si les Américains ont freiné des quatre fers, divisant les Européens et jouant ouvertement la carte musulmane.

Il exige de ses plus proches conseillers qu'ils fassent lever le siège de l'Élysée. Certes, la France n'a pas fait tout ce que demandaient les Bosniaques, soutenus par une clique d'intellectuels parisiens, mais un seul autre pays s'est-il investi autant pour que le conflit prenne fin ?

L'opposition joue les va-t-en-guerre : « Bombardez ! » Bien sûr. Mais comment ? Où ? En risquant la vie de combien de civils ? Les Américains se disent prêts à le faire ? Bien sûr : ils n'ont pas et ne veulent pas avoir un seul homme sur le terrain. Intervenir en force ? Mais où ? Et pour être efficace, il faudrait cinq cent mille hommes !

A l'Élysée, nul n'en doute : on a fait ce qu'on a pu. Mais comment en convaincre les Français ? Comment leur faire admettre que leur président, non seulement fut l'un des premiers à comprendre où tout cela menait, mais qu'en plus il y a vraiment mis du sien ?

A la fin des années quatre-vingt, dira-t-on un peu plus tard, François Mitterrand avait bien prévu ce qui allait se passer à l'Est. Il s'en réjouissait d'ailleurs, lui qui n'avait jamais eu la moindre sympathie pour ces dictatures communistes, mais il redoutait aussi les conséquences de tels bouleversements, si la soif de liberté des peuples n'était pas liée à une ferme volonté de « suivre les règles de la démocratie ».

En réalité, si le président peinait tant à communiquer, c'est qu'il avait une longueur d'avance sur l'opinion.

Lorsqu'en 1989 il propose une « confédération européenne », pour organiser déjà l'Europe post-communiste, il se heurte vite à ceux que ses conseillers appellent les « journalistes de combat », indifférents aux faits, toujours à l'affût d'un bon angle de tir. Comment contrer un journalisme agressif et partial ?

Jamais le président ne cessera de consulter, de chercher des issues, de s'engager. Mais ses forces, elles, ne cessent de diminuer. Quand seront signés les accords de Dayton, il y verra surtout la confirmation de ses plus noirs présages.

« Tu sais ce qui sortira de tout cela ? m'avait-il dit bien avant que Sarajevo ne fût assiégée. Une Bosnie défunte, inventée par la légèreté criminelle de la communauté internationale… »

15

Du muguet pour Brahim

Au début de mai 1995, quelques jours avant la fin de son mandat, François Mitterrand descendit sur les quais de la Seine, près d'un pont proche du Jardin des Tuileries. Il jeta symboliquement un bouquet de muguet dans l'eau, où Brahim Bouarrim s'était noyé.

Quelques jours auparavant, le 1er mai 1995, quelques skinheads, traînant dans le sillage des lepénistes, avaient croisé le jeune Marocain et l'avaient jeté à la Seine.

Concert d'indignations. Communiqués vengeurs, pétitions, manifestations. Le « pays des droits de l'homme » se mobilise. Une fois de plus. Faut-il dire : comme d'habitude ? Jospin et Chirac, derniers en course pour l'Élysée, condamnent sans tarder. Mais sans trop en faire : 15 % des Français ont choisi Le Pen au premier tour. Et le second est si proche…

François Mitterrand, lui, peut maintenant ignorer ces calculs politiciens. Il n'a plus désormais qu'à peaufiner l'image qu'il léguera à l'histoire. Va donc pour le dernier geste du champion des droits de l'homme ! Même si Brahim eût sans doute préféré d'autres égards, un peu plus tôt… Comme nombre de ses compères, il n'a guère eu le loisir de contempler la Seine. A moins d'élire domicile sous ses ponts.

Mais qui donc a « fait » Le Pen et sa haine ? Qui donc lui a donné 15 % des électeurs français ? Et deux fois, trois fois plus dans les ghettos de la misère. Triste bilan…

*

Paris, dans ses murs, ne compte pas plus de deux millions d'habitants. Les autres, tous les autres, sont autour, cinq fois plus nombreux. Il n'y a pas si longtemps, on disait « ceinture rouge », tant les communistes régnaient en maîtres sur l'essentiel de ces banlieues, au nord et à l'est surtout. Rien ne leur échappait entre l'avenue Lénine et le boulevard Gagarine. Temps révolus. La ceinture vire au brun !

C'est là que Paris, ville propre, si fière de ses musées, si grande de ses travaux, a remisé qui n'y avait plus place, là qu'elle a balayé tous ses problèmes : pauvres, chômeurs, immigrés.

Autrefois, certaines de ces banlieues étaient symboles de vie meilleure, de progrès, pour les travailleurs et les revenus modestes des classes moyennes inférieures, comme disent les statisticiens. A l'approche de la retraite, on y bâtissait sa maison, avec un bout de jardin pour les légumes et les fleurs. Et les voilà, ces petits pavillons en pierre jaunâtre, toits de tuiles rouges et volets verts, cernés de palissades, parfois de barbelés, gardés çà et là par des chiens agressifs…

Les prés autour, hier oasis de verdure entre deux quartiers, ont vu pousser tours et barres de dix étages et plus, des parkings pleins d'ordures, entre deux échangeurs d'autoroute. Le boom des sixties a pavé l'enfer. Des rêves d'architectes pressés, mésinterprétant les idées d'un Le Corbusier, ont fait le cauchemar de millions de locataires.

Chaque fois qu'un reportage ou une enquête me menait dans ces banlieues, j'étais prise d'un profond malaise, me demandant comment tant d'hommes et tant de femmes pouvaient supporter une telle vie. La réponse est simple : ils ne la supportent pas, ces gens que la France a tout simplement oubliés.

Au pourtour de Paris, de Lille, de Lyon, de Marseille et de bien d'autres villes, sous la présidence de François Mitterrand, guettait une vraie misère, matérielle et morale. Il y a ces quartiers où la police elle-même n'ose plus s'aventurer. Il y a ces familles qui se désintègrent, ces crèches et ces écoles peuplées à 90 % d'immigrés. Il y a la violence, l'autodéfense, la drogue…

Au début des années quatre-vingt-dix, la France comptait quatre millions d'immigrés. 40 % de chômeurs parmi les plus jeunes, alors que 25 % des jeunes Français ne parviennent pas à trouver de travail. La protection sociale est de plus en plus fragile et, dans les quartiers les plus touchés, deux familles sur trois vivent dans le dénuement. Marginalisation sociale, immigration mal maîtrisée sont devenues, sous le règne prolongé d'un président socialiste, une véritable bombe à mèche lente.

Pourquoi tant d'aveuglement ?

Bien peu de leaders socialistes connaissaient la banlieue. Le cœur à gauche, sincères et généreux, sans aucun doute. Mais au chaud dans les beaux quartiers, qu'ils y soient nés ou vite venus. Que de discours léchés, de campagnes bien rodées pour dénoncer misères et injustices de par le monde. Nelson Mandela, Salman Rushdie avaient droit à toute leur sollicitude. Les droits de l'homme, spécialité française, bénéficiaient d'une machine de relations publiques merveilleusement huilée. Mais l'héritage sans cesse invoqué de 1789 ne dessillait guère les yeux sur les malheurs les plus proches et les colères qui grondaient, à deux pas de là.

Les banlieues ? Allons donc ! Les gouvernements successifs avaient visiblement d'autres priorités. Le premier, celui de Pierre Mauroy, commença par régulariser la situation des immigrés clandestins. Quelque cent vingt mille se présentèrent, et le bruit de cette belle hospitalité se répandant à travers l'Afrique, près de trois cent mille autres devaient s'installer en France dans les années suivantes.

Les socialistes tenaient à leur réputation de solidarité active avec le tiers monde, d'où cette ouverture nouvelle à l'égard des immigrés. Les communistes, au gouvernement durant les premières années, connaissaient mieux les difficultés que cela ne manquerait pas d'engendrer, mais ne savaient trop sur quel pied danser. La ligne du Parti prêchait aussi la solidarité, mais les militants étaient bien placés pour en ressentir les conséquences, dans leur « ceinture rouge ». Les communistes, en fait, allaient être les premiers perdants dans les banlieues.

Les familles les plus modestes, terreau de leur implantation passée, souffraient d'une marginalisation accentuée par le sous-emploi, la diminution des prestations sociales et le délitement des liens sociaux et familiaux. Et c'est près d'elles que venaient se loger, toujours plus nombreux, des immigrés sans la moindre formation et leurs nichées d'enfants.

Pour les enfants de ces cités, l'avenir était chaque jour plus gris. Dans le meilleur des cas, les jeunes Français, solidaires des gosses d'immigrés qu'ils côtoyaient à l'école, se retrouvaient dans les mouvements antiracistes. Mais d'autres prenaient le chemin contraire et s'enfermaient dans une haine raciale qu'exprimaient, à l'extrême, les bandes de skinheads. De tous côtés, grandissaient l'exclusion, le ressentiment et la colère.

François Mitterrand avait-il conscience que ces villes, qu'en prince-architecte il rêvait belles, à la mesure de l'homme, étaient peu à peu cernées par des masses de laissés-pour-compte ? En fait, la France qui l'avait vu venir au socialisme était celle des années soixante. Pas celle qu'il avait à conduire, vingt ans plus tard.

La question de l'immigration, il n'en parlait que forcé et contraint. Comme beaucoup de socialistes, il préférait alors s'attarder sur les clandestins, les situations irrégulières, éludant le vrai problème, celui de l'animosité croissante entre une partie du peuple français et ces étrangers, en majorité maghrébins, installés dans l'Hexagone.

Avoir dû renoncer au droit de vote des immigrés pour les élections locales l'avait beaucoup déçu. C'est à partir de là d'ailleurs que sa volonté réformatrice a commencé de s'émousser. La compréhension des enjeux finissait par lui échapper. Je l'ai vu ainsi, déchiré, tergiversant, incapable de fixer son opinion, quand survint le débat sur le port du voile à l'école. Un jour il me vantait les vertus de la tolérance, le lendemain les exigences de la laïcité, le surlendemain les mérites d'une société multiculturelle. L'affaire, il est vrai, avait été montée en épingle par les médias. Elle n'était qu'écume, mais révélatrice du trouble qui grandissait.

Que le voile disparaisse de la une des journaux, que se dissipent un temps les nuages lourds de menaces des dernières émeutes, à Vaulx, à Mantes ou ailleurs, et François paraissait oublier. Non, je n'ai jamais senti son cœur saigner pour ces banlieues. Nous en avons souvent, longtemps discuté. Le politique refusait en fait d'accepter que ses électeurs puissent se sentir trahis. Ne devaient-ils pas comprendre qu'il travaillait à long terme, que les immigrés aussi avaient leurs droits, qu'il fallait faire preuve de solidarité et de compréhension ? Bref ! Qu'il faisait son possible et que la France dans ce domaine ne souffrait ni plus ni moins que tous ses voisins européens frappés par la crise ?...

C'est seulement quand la violence débordait, que le racisme se mettait à tuer, qu'il s'engageait vraiment. Il soutenait Harlem Désir et SOS-Racisme qu'il trouvait bien sympathiques. Sans doute sensible aux généreux élans d'une « France jeune, neuve et soudée », voulant surtout se montrer proche d'une culture qui lui restait fort étrangère.

D'autres leaders, d'autres mouvements d'immigrés

jugeaient différemment et avançaient d'autres solutions. Bien moins accommodants aux jeux politiques des dirigeants socialistes, on ne les écoutait guère.

Sur le fond, François ne voyait dans le mal-être des banlieues que la suite trop logique d'une carence architecturale, d'une insouciance urbanistique. Il déplorait ces autoroutes tracées au beau milieu d'un vieux quartier, ces immeubles gigantesques plantés devant la voie ferrée, ces parkings chassant les terrains de foot…

Oui, il faut réhabiliter, disait-il. Et d'en confier la charge à un groupe d'architectes, dirigé par Roland Castro, censé imaginer les banlieues de demain. Une goutte d'eau dans l'océan… Vint enfin l'heure d'un « ministère de la Ville », façon d'admettre qu'il devait bien y avoir problème. Mais on y propulsa Bernard Tapie, dont l'énergie et le battage fascinaient le président et ses proches. N'avait-il pas lui-même grandi en banlieue ? Il eut à peine le temps de distribuer des ballons de foot avant de tirer le rideau, rattrapé par ses « affaires ».

*

En réalité, François, comme la plupart des socialistes, estimait avoir fait tout ce qui était économiquement possible pour les banlieues. Inconscience ? Bonne conscience ? Il n'entendait pas, ou ne voulait pas entendre, tous ceux qui, ayant vu leurs conditions de vie empirer d'année en année, accusaient l'immigré de venir prendre le travail des Français, de prendre l'argent de la Sécurité sociale et de faire régner la peur dans les rues.

L'époque était mûre pour un Le Pen qui lui, au moins, disait les entendre, les comprendre, les approuver. En quelques années, parti du petit ghetto de l'extrême droite, il allait canaliser la haine et les complexes de toute une partie du peuple. Il serait simpliste de n'invoquer que l'immigration pour expliquer l'émergence du Front national, mais c'est un fait : Le Pen a su en tirer le meilleur profit.

Grand, blond, massif, et riche d'un héritage habilement récupéré, Le Pen n'était pas seulement fort en gueule mais aussi très habile démagogue. Il disait tout haut ce que le bon peuple osait à peine penser tout bas : J'aime bien recevoir ma belle-mère, mais il faut bien qu'à un moment elle rentre chez elle. J'aime bien recevoir mes voisins algériens, mais il faut bien qu'un jour ils fassent leurs valises…

Ceux qui venaient l'écouter étaient souvent des petites gens, chômeurs, petits commerçants endettés, retraités. Des gens qui ne comprenaient pas que tout change si vite, ne reconnaissaient plus leur France, étaient inquiets et n'avaient trouvé personne pour les défendre. Le Pen, lui, connaissait le filon : il saurait mettre leurs angoisses en musique.

François Mitterrand lui avait-il frayé le chemin, comme l'assurait la droite ? En choisissant la proportionnelle aux législatives de 1986, il avait, c'est vrai, donné un groupe parlementaire au Front national. Chaque fois que nous en parlions, François se justifiait, disait n'avoir rien créé, rien favorisé, que les électeurs de Le Pen existaient, que de tout temps une partie des

Français avait été sensible à ce genre de rhétorique et que la démocratie ne saurait dénier leurs voix.

Je le harcelais : « Pourquoi les socialistes sont-ils donc si sourds à toutes les difficultés, tous les problèmes de société qui nourrissent cette démagogie et ouvrent des boulevards à Le Pen ? » J'avais droit en retour à de nouveaux discours sur les droits de l'homme. Je ne contestais pas le fond, mais essayais encore de lui ouvrir les yeux, lui demandais pourquoi il était si incapable de communiquer avec ces gens qui se battaient tous les jours pour survivre, qui ne voyaient pas de si haut, n'avaient ni la formation ni les moyens de s'en sortir. N'était-ce pas ceux-là qu'il devait aider et soutenir en premier, ces « petits », ces gens sans défense ?

Il partait du principe qu'il n'arriverait jamais à les gagner. Comme si, dans sa manière de se représenter le monde, ils appartenaient à une autre France.

N'avait-il pas joué sciemment la carte du Front national pour affaiblir ses principaux adversaires ? Réponse aussi immédiate qu'attendue : non, si Le Pen avait percé, ce n'était pas le fait des socialistes, ni d'un quelconque machiavélisme, d'un talent particulier pour semer la discorde. « Non, jurait-il, avec l'aplomb commun à bien des politiques, le Front national progresse parce que la droite n'a pas pris aussitôt ses distances vis-à-vis de ses thèses extrémistes. Elle a cru comme ça récupérer ses brebis égarées… »

A l'entendre, Le Pen serait devenu présentable à partir du moment où la droite a elle-même permis de penser que ses idées n'étaient pas totalement condamnables, qu'il n'y avait pas de honte à les épouser. Calcul de gribouille, puisque les électeurs, refusant d'être trompés sur la marchandise, ont préféré l'original à la copie…

Ainsi raisonnait le président, ainsi devait parler son entourage. Une seule fois, sa langue a fourché, laissant échapper un « seuil de tolérance », qui aurait dû être traité dès les années soixante-dix. Le lendemain, l'Élysée sortait une explication alambiquée.

Jamais, je n'ai vraiment compris pareil aveuglement. Il ne s'agissait pas de remettre en cause une élémentaire solidarité envers les immigrés, mais bel et bien de savoir parler à des millions de gens qui, sans être extrémistes, se retrouvaient, à bout d'espoir, poussés vers ces extrêmes puisqu'en face d'eux, à côté d'eux, les « nantis » ne les écoutaient plus.

De ces longues discussions, je sortais abattue. Avec le sentiment étrange que ce président « de tous les Français » admettait finalement de passer tous ces gens aux pertes et profits d'un futur qui se forgeait sans eux. Ayant si longuement échangé, épuisé l'un et l'autre nos munitions d'arguments, nous avions décidément respecté chacun notre rôle. Il restait un bourgeois de gauche. Je n'étais qu'une gauchiste de droite…

Jarnac

Ce n'est pas auprès d'une tombe que l'on s'attarde, ce n'est pas auprès d'une tombe que l'on cherche consolation et sérénité. Il occupe la sixième et dernière place dans le gris du mausolée familial au cimetière des Grandes-Maisons. Il a rempli son dernier devoir, il est retourné vers ce havre que seul il trouvait paisible, dans ce grand bloc de pierre si déprimant. Ici, aucune fleur ne pousse, aucun oiseau ne chante. Ici, l'on cherche en vain l'ombre d'un chêne, l'ombre de tout ce qu'il aimait.

Pendant qu'il se mourait, j'essayais de me représenter l'image de sa tombe, telle qu'il la voulait, simple, au beau milieu de la vie.

Et quand je me retrouve ici, entourée de ces mausolées colossaux, dans l'immense imbroglio des familles et des liens parentaux qui finissent tous dans un entassement de cercueils, je commence lentement à comprendre. Il est là, le solitaire qui adorait la compagnie. Il a décidé de faire déposer son corps à cet endroit si peu engageant, dans une tombe regardant au nord, coincée entre d'autres tombes, un mur pour seule vue.

Il s'est retiré, il a refusé le culte autour de sa dépouille, il a voulu conserver son intégrité. Mais il n'est pas seul, son enfance l'accompagne et ceux qui ont fait de lui l'homme qu'il est devenu. C'est ici sa maison. Il a fermé la porte à d'autres exigences et à d'autres liens.

Pour canaliser vers la tombe la foule des proches en deuil et des curieux, le parcours est fléché, des barrières sont en place, et l'on a construit un pont provisoire pour piétons au-dessus des tombes avoisinantes. Entre le pont et le mausolée s'accumulent des bouquets de roses rouges, pour la plupart encore dans leur cellophane.

Mes fleurs sauvages ont l'air perdu.

Table